鏤空的光陰

方祖岐

左右之间 著

作家出版社

献给我生命中最伟大的女性——

我的母亲，刘慧芳。

她几近文盲，却是一本终身受用的书。

目 录

CONTENTS

第二辑 低音

第三辑 刮骨

| 序 |

属于自己的那缕阳光格外炽烈

何建明

所有的文字中，除自传和日记外，恐怕诗歌最属于自我了。读《镂空的光阴》的第一感觉，就是不失为一部对苍生、对家国、对亲人、对战友以及对自己特别怀有诚挚情感的那份“个人痴情史”。不错，不痴情的人并不能成为真正的诗人。诗人所谓的“半痴半癫”，是情用之至极致、意挥之过遥远，所以他们便有了不痴不癫而不罢休的精神追求。李白、杜甫皆如此，莎士比亚、普希金也一样——他们因此成了伟大诗人。

署名“左右之间”的这位诗人显然也属于此类。尽管他可能囿于身份不便公开本名，但我知道，他是一位大半辈子工作在特殊战线的同志。

本人也曾是人民军队的一员，在部队时间也不算短。也正是这种军旅生涯的体悟，所以就比较能对“左右之间”先生那份忽左忽右的不甚安宁的情绪与思绪上的起伏回荡，有着格外多的理解与同情，甚至在很多问题上深有共鸣。这并不是说我们“忽左”“忽右”有什么不对，而是军队严肃而特殊的纪律要求，与内心复杂细腻敏感的诗人素养完全不在一个“频道”上共振。然而你又首先是军人，你同时也不甘放弃诗人的性情，所以你需要在捍卫军人荣誉的同时，内心深处又一定在不断冒泡——冒出诗人气质的情与浪来……让灵魂深处的阳光映照出万丈光芒，以“镂空”的方式透射应有的温暖与炽烈。

这其实是一种挣扎，或者说是一种抗争。从军队里走出来的小说家和诗人，其实都是这种挣扎或者抗争的产物。

然而我要说的是：也正是这样“镂空”的光阴，让我们这些包括“左右之间”先生在内的军旅诗人和作家们，成就了自己独特的诗、独特的文学和独特的人。

因为我们不能像常人一样，天天陪伴在母亲和父亲的身边，不能与妻子和儿女厮守在一起，甚至连七情六欲也会受到特别的约束，所以我们在失去母亲（或父亲）之后，只能用“敲”来代替长歌当哭以表达和宣泄内心的那份愧疚。首篇的《敲》和后面的《母亲》《家的方向》《拐杖》等都是这样的佳作。“我的膝下 / 没有黄金 // 我原以为有 / 父母在的时候 / 我的膝盖 / 比颈椎骨还硬 // 向着天堂 / 我跋山涉水 / 艰难地在另一个世界攀登 // 半路上　我跪下来 / 四周空空的 / 浮云中总是被一双 / 熟悉的手托住 // 我的膝下 / 只有黄土”这样的诗，便是“镂空的光阴”，它虽不像大太阳那般光芒四射，然而透出的每一缕阳光足以刺痛、刺透人心……好诗就属于这样“镂空”的光。

因为我们不能像常人一样，用男人的宽阔胸膛去为妻儿抵挡风寒，甚至不能给偶尔考试搞砸了的孩子一声及时的宽慰。守卫在边防线上和特殊岗位上的我们，其实心头特别难过，但我们的目光里不会有半丝犹豫和屈服，因为战友的步伐和冲锋的号角在耳边嘹亮。我们只能在夜灯熄灭之后，打开手电筒悄悄地写下："所有的财物都拿去送人／留下你我／把这个家修成自由开放的牢笼……"呵，读这样的诗，你怎能不潸然拭泪！

然而，军人就是军人。穿着军装的诗人就是不一样的诗人。他们的心中装着国家安危、民族责任和扛枪的使命，他们的笔端燃烧的同样是烈火金钢，同样是血染风采。他们"每一次黎明前的仰望／都站在星光闪烁的高处""把自己浓缩成一个音符／在血与火的眺望之间／让春天的眼角／挂满繁花朵朵的诗行"。谁说你是"忽左忽右"？你从来步履铿锵有力，目标坚定，毫不含糊，铁骨铮铮……

其实，我发现《镂空的光阴》中有许多诗作，充满了哲思，充满了美感，充满了一个大男人胸怀中柔中带刚的咏叹和低吟……我喜欢诗人用诗句"绘净空"、"画鸟鸣"；我喜欢诗人的那般超然："做一位净湖之子／让自己的影子／在最后的一滴泪中／静静地飞"。我也自然喜欢诗人的洞察力和把握力："世界肯定是干净的／如果真的看到了什么／请不要出声""一本书有时不是一本书／它是一块砖／有的人用它盖宅子／我用它来敲门"。我们能从诗集中读到太多类似的心灵震撼。

他就是这样的一位诗人，一位出色的诗人。尽管我们在当代浩荡的诗人队伍里还不常见他的名字，然而他的诗已经证明了那"镂空的光阴"如此耀眼，如此高傲和多彩地站立在所有诗人的面前，并且告诉大家：我的诗就是这个样。明天还会这样，像阳光一样，执着、热烈……

2022 年 11 月于上海

（作者为中国作协原副主席）

第一辑

药引

•

河水依依

离开它　我只用几步

走近它　却还需半生

——《故乡的小河》

敲

敲一只空碗
成片成片的庄稼就长出来

敲一枚指环
密密麻麻的针脚就长出来

敲一扇旧窗
斑斑点点的烛光就长出来

隆冬时节
我不敢再敲了

我怕成片成片的雪花会长出来
我怕密密麻麻的白发会长出来
我怕斑斑点点的泪痕会长出来

再敲下去
我怕惊醒了天堂里的母亲

叫花子

只要在篱门口站上一会儿
母亲就会让我
往他碗里放五分钱

我更喜欢　听一枚硬币
与一只瓷器
碰撞出的清脆声

她从夹衣内侧的口袋里
掏出它　比大夏天
奖励我一根棒冰利索得多

有一回　我布施了
一点点的羡慕嫉妒恨
母亲就罚我站墙角

这么些年
我一直站在那儿
从十一岁站到五十岁

现在我多么想
母亲能亲口　再喊我一声
叫花子

缝补

将一截瘦细的日子
斜举头顶
让一束慈祥的光
穿透云雾

你眯起
幸福的眼睛
为一圆小孔的失守
沾沾自喜

在深爱的人间
穿针引线
你什么都能缝
全家的衣袜　邻里的纠纷

有一次　不小心
刺破了左手的食指
鲜红的血　滴在我
白色的衬衣上

人生的缺憾
远远没有补完
你就老了

妈妈　我真的不忍去想

磨损的时光能不能补
老花的影子能不能补
稀疏的白发能不能补
摔碎的泪珠能不能补

槐花

将一个淡定的名字
开在五月

在枝头微笑的
不只有风
窃窃私语的人们　刚刚走过
阳光明媚的春天

这些恋恋不舍的孩子
团团簇簇　只有在膝下
才能听懂
枝繁叶茂的故事

而你用一辈子守出来的白
心甘情愿地
被一棵树　安插在老家
世代相传的情节里

初夏的天空　盛开着
一朵洁白的云

故里

昨夜下了一场大雨
我们从城里回来
有人点起油灯
有人又将它吹灭

那些黑暗的日子
重新回到眼前
父亲摘掉斗笠　推门而入
他是从乱箭中成功逃脱的人

母亲不作声
轻轻关门
她一个人站在窗前
等雨歇　等天明

一只小黄狗
依然立在门口
眼角上的那滴泪　已被
去年的记忆风干

小妹从深井里走出来
只有她还是原来的模样
她仍然叫得出我们
每个人的名字

粯子粥

那粒种子
埋在三十年前
贫瘠的田野　一望无际
当乡思开始发芽的时候
粥　便有了
最初的注脚

坐在春天的门槛
听大人们讲秋天的故事
那些粉末状的幻想
总会萦绕在灶头
日子常常半瓢半瓢地过
母亲将节俭　和一个家的希望
高高地扬起

勤勉的布谷鸟
一年年将金色的季节唤醒
多么熟悉的方言
谁用这样亲切的声调
天天喊我回家吃饭

粯子粥　正如我的乳名
故乡的味道飘香在梦里
温暖的童年
风中的炊烟

猪头肉

小时候
大年三十能吃上猪头肉
是我的最高理想

五十年前我发过狠誓
有朝一日　能攒够些钱
让自己和父母
连汤带肉吃个够

可是现在的猪头肉
总缺点味道
可是昨晚的供桌上
父母没有动筷

而现在
我的最高理想是回到从前
那清贫的日子

汤团

丈母娘做的大汤团
我吃了三十年

豆沙的　萝卜丝的
荠菜她要选散叶的那种
都是童年的味

馅里皮内　她把
半辈子的光阴
一片一片地糅进去

细火慢煮　她把
淡却了的记忆
一点一点地勾出来

忽然我发现
今年的汤团却多了些皱痕
忽然我看见　厨房间的背影
今年又微微地驼下去几分

七点漂

出手之前
先设定一个落点
必须跑到最快　给惯性
一个合适的角度
一定会被更大的手掌接住

河面上第一朵小浪花　开在
高速旋转的风下
然后再轻松地弹起　完美地跳跃
连续的欢呼声
有时候不止七次

话音差不多落尽的时候
太阳准备下山
拍拍手上的余晖
我们各自回家　等待
一圈比一圈大的波纹
在梦里相会

可惜这样的游戏几近失传
许多儿时的伙伴
也像那只瓦片　沉溺于
时光的深渊

博大的名字

在来之前
海洋包容我

在走之后
大地接纳我

来去之间
天空宽恕我

大地和海洋有一个博大的名字
天空作证

祭扫

赶到老家已是傍晚
碑林里静悄悄

我先喊一声爹
右边的一排站了起来

我再喊一声娘
左边的一排侧过身子

他们的脸上　都
刻着父母的名字

我还没哭出声
天色就暗了下来

碑

在一寸风与一寸风之间
在一丝雨与一丝雨之间
在一片云与一片云之间
站在村头的那位老人
是你吗

在今天与昨天之间
在白天与黑夜之间
在天堂与地狱之间
走在迷途的那个孩子
是我吗

如果将一方石头
亲切地刻上爹娘的名字
今夜寂静的梦里
我便能沿着你指的方向
找到回家的路

空竹筒

香案上的旧竹筒
有了年月

上了年纪的外祖母
用它储硬币　后来
也量谷子

邻家婶婶月底来串门
唠些暖心话
她都盛在了竹筒里

那时候我还小
偷偷踮起脚尖　只瞧着
里面的空

外祖母活了九十岁
留下的旧竹筒
深不见底

岁月之针

一想起松叶
母亲坟前的秋天
就生锈了

纷纷掉落的屑　一层层
掩饰着
记忆中疼痛的斑点

岁月之殇
是被一根耐磨的骨头
慢慢缝合的

老宅门上的铁锁
有许多落空的心事　在等待
一枚针深入

透过一圆旧孔　夕阳
眯起花眼
为最后的重逢引线

而执着的风
已把回家的路　搓得
越来越细

拐杖

一个小男孩
牵住父亲的小手指
在学步

他长得很快
不经意间　就长成了
身材高大的丈夫　父亲

而老家的父亲　则越长越小
蜷缩在窗台前
捧着一张旧照片

他努力地扶住自己
等一根手指头
从天的那边　伸过来

童年的小伙伴

我用小小的玻璃瓶
装过白天的蝴蝶梦
她栖于薄壁　安静的双翼
呈飞翔状

高高地举着小手
我在夜间的田埂奔跑
抓住一颗流星　萤火虫
在小提灯里一闪一闪

会装死的七星瓢虫　和
忽然低调的知了都比我聪明
它们屈身于火柴盒里
与顽皮的小伙伴斗智斗勇

在狭窄的空间里
我的童年　常常因这些
微不足道的小生命
而充满幻想

最后的词语

说出这个词
会不会遭雷劈

换在小时候
母亲会将筷子倒过来
面目狰狞地　猛敲几下桌子
和我的脑袋

但是并不疼
她下不了狠心
只有最亲的人　才不介意
我们做错了什么

老天对所有犯忌的人
可没这么仁慈
我们天天与这个词
擦肩而过

而母亲在天堂
用最后的力气
挡住了　向我袭来的
道道闪电

余晖

夕阳照在香樟之上
从枝叶间漏下的光
斑斑点点　不慌不忙

有人捡起一片落叶
有人指点远天
背靠着背　静静地
坐在草坪的中央

有人让时间在这里定格
有人摆拍童真
稚嫩的小手　托住了
西沉的蛋黄

他无意间拍下这一刻
然后推起轮椅　与老父亲
慢慢踱往家的方向

白衣堂小吃

当思念的味蕾
循着季节的风　飘过北街
白衣堂的早晨又沸腾了

黑色的眼睛在失眠的炉里燃烧
熬红了的生活
被陈氏夫妇吆喝着
他们将积攒半辈子的声誉挂了出来
五分钱一碗的馄饨　让多少人
垂涎欲滴

蒸笼里白白胖胖的小子
怀揣着怎样的心事
十年不变的价格是最好的秘方
那些热气腾腾的欲望　就这样
简简单单地走进了平民百姓中间

围着那只炖锅的人们在谈论什么
喝一口羊肉粉丝汤　你就明白
宋朝的生活是什么滋味
老汁汤里有千年的蒙古羊　和
岳家军的伙夫跟着南征北战留下的骨气

来一根油条不全是为了解馋
家乡人也爱把喜好放在嘴上
将油炸桧叫顺口了　你便能
嚼出爱憎
嚼出白衣堂人的腔调

天空渐渐亮了起来
谁又从桥下挑起步步上升的朝阳
踉跄着　弥散开老虎糖的诱惑
此刻一个光着脚丫的少年　正
流连于街的一角
甜蜜地望着远方

被一根炊烟拴住的乳名

拴住这个顽皮的小动物吧
用一根裤腰带粗细的绳
一端系在田头
母亲拢几锄地　一抬头就
看得到的地方

母亲守在另一端
把我的哭声搂在怀里
循着诱惑阵阵的奶香
稚嫩的味蕾
被一遍一遍地抚摸
被一点一点地拉长

飞起来的风筝
挣脱不了你慈祥的目光
我的乳名　已被
老家的许多声音缠住
母亲还在天天这样喊我
几十年了　从东埭到西埭
深一脚浅一脚地把炊烟喊瘦
瘦成手中的一根细线
瘦成一根白发的模样

老家的腊梅

每一种树木都是有个性的
腊梅属倔强的那种

在风中
即使没有旗帜
光秃秃的枝干　也能
举起天空

高过篱笆的那株
头　没有伸出篱笆
长在后院的那簇　将寂寞
独自拥抱

小时候我就喜欢它们
先开花　再长叶
后来在异乡的画展上也常相遇
它们点着头　弯着腰

却是略显清瘦
节如故
却是雪压头顶
香依然

旧布鞋

一双旧布鞋
躺在木头箱子里
以为它寿终正寝的人
是不准备出远门的人

你看山坡上每一个脚印
是由什么烙上去的
你看那一针一线　缝纳着煤油灯下
多么坚毅的目光

所以我常常
有脚底发凉的惊恐
所以每每在大头鞋硌脚的时候
我就想起它

母亲是关在小屋里
那个神秘的筑路者
她能将锄头磨成针　指引我
沿着一根白发走到天边

梦里的老宅

雨水从额头流下来
潮湿的面颊
几行擦不干的泪

阳光照不清它的表情
所有的记忆　就这样
被远方吹来的丝丝影息
一年年洗刷

只有这些放飞多年的鸽子
偶尔回来看看
它们踩着熟悉的瓦片
将同一个名字
一声声喊醒

能够回应什么
很久很久了
院前的荒草高过邻里的关切
当年老主人随心丢下的几粒种子
不经意间　已经长成一丛丛
思绪蔓延的秋天

屋檐下　那朵安静的花

是我儿时吹散的蒲公英吗
梦里的风景
依然在千里之外飘着

而雨后　流浪的风
又一回回
将胸中的菊　开出了
成片成片的乡音

马桥的历史

这座桥
为马而生

一匹王亥驯服的马
一匹与龙齐名的马
一匹不肯过江东的马
一匹长得像兔子的马
一匹被十二道金牌召回的马
一匹遭东洋倭寇糟蹋过的马

桥是马背上的鞍
马是河面上的船
马桥是打在我心头的
一个解不开的结

四眼井

一个传说泪汪汪，两位女人在守望。

——题记

她们一直用这样的目光看我
看从自己身上掉下的
一滴血　一滴泪
一滴被四百年风雨洗白了的忧伤

她们一直用这样的目光看我
看一粒种子　十月怀胎
一只叫相思的鸟　羽毛渐丰
在倒映的天空
飞向远方

她们一直用这样的目光看我
看吃井水长大的人
拽着记忆的长绳
将深不见底的恩情　一桶桶打上来
这些甘甜的乳汁
多少回　把如饥似渴的瞳孔
温暖地洗亮

她们一直用这样的目光看我

看今夜的梦里
一个悄悄回家的影子
正深一声浅一声地
喊醒两个女人的名字
浅一声是姐
深一声是娘

与父亲对饮

记得你喜欢
在天暗下来后　就着萝卜干
半口半口地抿

眯起的小眼睛
隐藏着　老屋里
淡淡的光

儿时的冬天那么漫长
我一直　被
低廉的酒令温暖着

那根粗粗的竹筷子还在呢
能不能　将它倒过来
哪怕再让我轻轻舔一口

那只豁口的旧盘子还在呢
能不能　照见你
真的从黑夜中走出来

酒不够了
且把泪水来酿
油灯灭了
我用什么来点亮

一粒桑葚

那一年
隔壁的小姐姐
清纯地站在
四月的枝头

我在树下　想象
十四岁的春天
有多甜蜜

青涩的果子
在等待
轻风吹过

我踮起脚尖
接住了　姐姐
赏我的一颗
红扑扑的微笑

那一年
她的名字　和
一枚早熟了的心事
红得发紫

六一的礼物

四十年前，母亲将压在箱底的一件嫁衣改成了我的书包。

——题记

假设回到从前
今天一定是我的节日

我昨天晚上就开始激动了
双手托着小下巴在等待
煤油灯照耀着小小的窃喜
照耀着催眠的小曲　和一个背上新书包
在乡间土路上飞奔的少年

母亲轻轻的一句诺言
掉在寂夜中
就像她手中的那根针
掉在我的梦里

多少年来　我常常
在夜深人静的时候
被这种声音
突然惊醒

脱靶的弹丸

那一截光阴已经久远
远到像一支箭　或者一丸石子
消失在记忆深处

恶作剧毫无目标
青涩的毛桃
打谷场上的灯泡
隔壁高家破了相的窗纸
都瞪着受伤的眼睛　与一位少年
疼痛地对视

树上的小鸟和我一样幸运
一颗脱靶的弹丸
伴随童年的快乐　梦幻中
一直在飞

失忆状态

曾经的一场大酒
让我忘却自己
我为那飘然一诺
不惜千金

而永远赎不回的是过去的光阴
母亲坐夜归来已是凌晨
她把我抱在腿上
将迷迷糊糊的梦境
一口一口地喂醒

饭菜的余香
弥漫在缺盐少油的童年
我有时想用一种麻醉的方式
还原那段温存的记忆

其实
我一直没有醒来
我已经
醉了半生

爱人

我希望是这样的人——
超现实主义的慈善家
象征主义的驯兽师
历史虚无主义的吃货
最最蹩脚的演员和判官

所有的财物都拿去送人
留下你我　把这个家修成
自由开放的牢笼

变着花样做出香气扑鼻的
四菜一汤　让两只老虎
茶余饭后舔舔对方　温顺的
脸庞和毛发

让所有的小忧伤与小欢喜
被一床月光
通透地照耀

也允许做些
不可饶恕的糊涂事
比如假装看不见谁的缺点

我希望是浪漫的罪人
却罪不至死——
亲爱的法官
请判个无期

抓阄

老婆约法三章
洗衣拖地烧饭　需抓阄

女儿读书要紧
只需抓笔

我听天由命
等结果

几十年了
我等成一个家务盲

那最后的一只小纸团
却从未打开过

看在眼里

周末与岳父母打牌
他们总能赢

女儿与她妈妈一拨
我观战

外公外婆的小欢喜
只有女儿懂

而女儿的小心思
她妈妈更明白

一家人都像小孩子
我看在眼里

顶夹，顶夹

飘在梦中的旧饰物
锈迹斑斑　像一片落叶
在阴暗里腐烂
在光明中重生

春天有植物疯长
长舌藤伸过篱笆
它咬住了
少妇的耳朵

曾经的荣耀
别在发髻之上
一茬又一茬　漂白了
亲人的名字

田野是先辈的脸
微笑过　荒芜过
“谁记起它的过去，
他就在心里种下了苦艾”

交大之门

多少年的梦想
和心结
被轻轻地
打开

曾经
半遮半掩地奢望
跨过几道坎
一路风雨　穿越
墙里墙外的故事
别有洞天

世上的风景是锁不住的
这个时候我愿想象
几只小蜜蜂在思源湖畔　和
图书馆的上空
自由地飞翔

精神的驿站
人类的精华触手可及
这些灵魂之友　终生无欺

选一本经典

捂在离心最近的地方
当真正感觉到它的温度　和
一块砖的分量
你便可　昂首阔步
叩响未来

一根火柴

小时候的家　弱不禁风
刚刚点起的油灯
突然给吹灭了

黑夜张着大嘴巴
风透过土墙的缝隙　和门的豁口
一阵阵吐着寒气

母亲侧过身子
将最后一枚火种　紧紧地
抱在怀里

就像抱住一个孩子
她屏住呼吸
等待破涕为笑的一刻

几近绝望的时候
她总能让我们
心头一亮

家乡的麦垛

为一幅画而作。

——题记

是一朵顽皮的云
妈妈的叮咛在脑后

是一棵金色的穗
成熟的心思低着头

是一座假设的山
向上的路呀小心走

是一个远方的人
枯瘦的身影倚村口

幸运的卒子

跨过横港
便是国道

它直通省城
还有北上广　甚至
更加辽阔的天空

在乡亲们眼里
我是残局中　一颗
侥幸的棋子

是母亲
在彻底病倒前　狠狠地
把我推出门外

追到独木桥前
她气喘吁吁　倒握的扫把
直指彼岸

过了河的卒子　从此
不想退路

劈柴

一生二　二生四
每年冬天　父亲总要
从干枯的日子里
劈出火焰

有时候会被卡住
嘴巴　喊不出心里的冤屈
咬住了斧头
以为咬住了谁的手臂

围着顽木转一圈
反过来　再转一圈
父亲搓了搓双掌　终于看清了
生活的结节与纹理

柴越劈越少
剩下三个木讷的儿子
父亲扬起斧头　却没舍得
对哪一个下手

一生二　二生三
三是个不确定的数字
一年又是一年的炊烟
照亮了万物

清明

当思念的嫩芽　长成了
三月中摇曳的风景
家乡的柳条
便伸长了招魂的手指

总是迟迟归来
我只能将一枝枝歉意
插在你望眼欲穿的窗前
让祈祷的风
再抚摸一回儿时的脸颊　和
细雨纷纷的时节

一滴雨落在清明

在眼眶里打转
一年又一年
你不让它掉下来

最多是转过身子
从背后解开粗布裙
又慢慢地系起来

你微微一笑　雨便停了
灶台上的空瓢里
盛满慈祥的光

若是冬天
又会化作一粒温暖的雪
在遥远的梦中飘

游子的心也是水做的
只有到清明　才愿意赶几百里的路
在寂寞的坟前落下来

游子的天空

每一朵云
都有飘浮的过往

每一片叶
都有落脚的方向

每一粒尘埃
都有最后的故乡

每一滴眼泪
都掉在亲人的心上

而天是空的　母亲还站在
送我出门的地方

故乡的小河

那天　我正在河边洗手
看见了红衣少女　和
来自城里的白云

穿粗布衫的母亲
从油菜地里回来　发髻上
别一束四月的花

老槐树倒立水中
一条小鱼绕开枝丫
自由自在地朝远处飞

河水依依
离开它　我只用几步
走近它　却还需半生

想象的果实

这棵香橼挂果了
挂在家的高处
谁用二十岁的青春　仰起了我
一枚枚欲止又言的想象

初熟了的心思是什么滋味
沉甸甸的喜悦等待了多久
小园中长出了甜蜜的故事
枝头上跳跃着斑斓的霞光
根须里千万条河流
翠绿的血液涌动着向上的梦想

四季的雨水淋在静静的守望里
谁在窗前悄悄倾听你青涩的心迹
谁的睫毛为你沾上了岁月的薄霜
风　是妈妈扮成的闺蜜吗
她为什么天天在你耳边私语
她是不是提前向你泄漏了春天的芬芳

那亭亭玉立的造型　是否
已将年年修剪的疼痛
舞在风一样的自信里
花园上的天空多么辽阔啊

如果你真的把自己舒展开来　那么
每一片树叶都是我宽厚的手掌
每一根枝干都是我坚实的臂膀

当一只鸟儿在婉转地歌唱
我便知道　那是一粒自由的种子
正酝酿着一首新诗
正微笑着飞向远方

半岛秋意

风是逆向而来的
我们匆匆照面
却来不及
彼此招呼一声

纷纷而下的叹息
其实与季节无关
谢了的花和熟透了的果
都是为一幅天然的画留白

叶子掉落在地上
听不见喊疼的声音
时光被唤醒之后
就很快睡着了

半岛的午后如此安详
我双手合十　转身目送
那个心中飘雪的人
正赶往梦中的北方

三月的回音

将早春的约定
播在水乡
播在波光粼粼的午后
让古镇上的笑声
漫过小石桥
漫过姑苏人家的茶香
甜蜜的回音　便醉在了
通往梦境的小巷里

当一杯酒与一丝风
一起路过盛情的季节
轻轻荡开的心扉　饮下的
是烟雨三月的期许吗
那个叫作小蜜蜂的天使
传递过多少秘密
孕育了半个世纪的味蕾
已赶在绽放之前
炸开了我们的天空

一朵闲云能给一片故土怎样的提醒
一声问候是否隐喻一句婉约的鸟鸣
谁的行囊里还藏掖着会飞的种子
谁的面颊中还飘逸着当年的红晕

春暖花开的时节
从吴宫里流传出的新词
正步着帝都古韵
一路向西

靖江味道

刀鱼　鲥鱼　河豚
这些鲜活的记忆
被服务员一一端上圆桌

它们在我眼前
漫不经心地转动　时针将往事
反复地切割　抚摸

沉睡多年的味蕾
被火候恰好的方言
热气腾腾地唤醒

无论清炖还是红烧
吊鲜的汁料　都离不开
四眼井里的水

哪怕只一滴
挂在游子的眼角　便能照见老屋
额头的炊烟

一碗糊涂面

离开这里前
我要约你到老街
再吃碗地道的手擀面

像那个冬天　就咱俩
坐在靠窗的位子　看雪
看付老板和他漂亮的媳妇
将片片阳光揉进笑声里

我捧着你递过来的大碗
热乎乎地　想起家
一碗面的身世
和即将来临的春天

窗外的雪化了
我的碗里　为什么
有一个影子开始模糊起来

月牙儿

今夜　有一把刀子
搁在故乡

今夜　有一把刀子
磨得雪亮

今夜　有一把刀子
悬在心上

今夜　有一把刀子
把我割伤

我没忍住疼痛
在漆黑的梦里　又一次
哭醒了爹娘

烤红薯的老人

炉子搁在
双轮小车的瘦背上
风雨中　他是另一只
努力转动的轮子

常常停在街的拐角
他用拐棍
将生意的一端
摇摇晃晃地支起

南来北往的人
纷纷从这里找回童年
那片刻的快感　浅埋在
老人扇起的烟火里

冬天的炉膛布满血丝
他将黑衣人白天的怒气
和木炭的黑　一起
转嫁到红薯身上

那位穿红衣服的女大学生
正双手倒腾滚烫的信物
冲着老人和刚刚

确立关系的对象傻笑

卖出去的红薯
颗颗带有亲切的体温
而残疾的老人　正是今晚寒风中
剩下的那颗

最后的光

一面镜子
突然间掉落了

那薄薄的
软的瓷

那脆脆的
圆的玉

挂在故乡枝头的
冷的月

姨娘　我没捧住你
这最后的光

洋铁港

一个舶来的名字
被无辜地
夹在清澈与混浊之间

岸边打钉的铺子
很久很久以前
就关闭了

乡亲们将外资
铸造成新的锄头　和
挖掘机配件

还有废弃的化工水　和流言
从围墙背后
悄悄地渗出来

长年累月
一条流淌着乡愁的河
渐渐生锈了

一枚书签

让一枚信物
穿插在时空的间隙
左手拉着昨天　右手拉着明天
如果双手一合
便成全了今生
我无怨无悔的守望

每一个路口
都需要怎样的提醒
我只能将所有的思念
浓缩成一寸光阴
用这把磨平了的钥匙　去打开
一段牵肠挂肚的诗行

世界上没有什么是万能的
你至多可以把它夹进那本书里
分清前后　起点和归途
而每年的这一天
让我们一起安下心来
慢慢地阅读
静静地欣赏

你若真的喜欢

就翻开新的一页
或者站在前后两辑之间
欣然一笑　笑成
一朵花的模样

让新岁的期许　和
敞亮的心胸
一截一截地成长
一瓣一瓣地绽放

远方的琴声

最初的缠绵
是细雨　轻吻老家的屋檐
这些水中泡大的乡思
一滴滴淌下来　渐渐串成了
一碰就响的琴弦

是姐姐用清唱
将我无忧无虑的童年默默地陪伴
她那修长的手指
能将棉花　弹成
风中牵挂的丝线

而母亲用柔软的衣袖
已把生活中的泪水轻轻擦干
那头起早贪黑的水牛
跟在谁的身后
只有那把铜烟管　能够听懂
父亲一生的沉默

一只淋湿翅膀的麻雀
站在异乡的晾衣杆上
悬空的心事　常在每年的雨季
让我隐约地想起
一种亲切的声音　和
一个多愁善感的江南

跪

我的膝下
没有黄金

我原以为有
父母在的时候
我的膝盖　比颈椎骨还硬

向着天堂
我跋山涉水　艰难地
在另一个世界攀登

半路上　我跪下来
四周空空的　浮云中
总是被一双熟悉的手托住

我的膝下
只有黄土

省略号

我是说斜枝上的小麻雀
最后的那只是我
我飞走了
母亲从此沉默

我是说一字排开的雁鸣
最后的那声是我
天空无边
父亲只送一程

我是说檐下的一线珠帘
最后的那滴是我
风停雨住
亲人泪水已干

我是说……

不要在屋檐下站太久

站久了
你会变成一尊雪人

你喊不醒一个陌生的名字
寒冬腊月
也会冻住敲门的手

屋子里的灯光
渐渐熄灭
造山的小伙伴们
相继离去

西北风呼呼地吹
一场战争早已结束
你会习惯性地
向人间低头

在洁白的空房子前
在孤独的月光下

血亲

当初无奈地接纳你
正是缘于她

她温柔体贴
一边嚼着口香糖　一边
以自喻的口吻诱惑我

先用半剂麻药
把我撂倒
再假名医之手　除掉
那个坏透了的家伙

她将你安插进我的内部
天天帮我守隘口　杀顽敌
就这样　我们真的成了
血亲般的朋友

不求同日生
但求同日死

时间的颜色

陪父亲在家门口
晒太阳
上午面朝东　下午
慢慢地转向西

大海与大山
都在视线之外
时钟挂在
老屋子的土墙上

不知不觉中
我们用一些
或远或近的话题
温暖对方

冬日的天空
偶有几只灰鸟飞过
缓缓移动的云　已将人间
压到最低

父亲突然对我说
太阳是黑色的
惊讶之余　我看到夜幕
真的落了下来

等着我

母亲在前面
过一会儿　就回头
瞥一眼

我走几步
便摔一跤　走几步
又摔一跤

她并不马上折回来
而是站在不远处
等着我

我一次又一次地
从地上爬起来　蹒跚着
追赶她

突然有一天
我被重重地绊了一脚
而顺着往日的方向　却不见了
那个熟悉的影子

蟹黄汤包

老家人的脸皮薄
薄到可以用雪白的麦粉　掺水
做成近乎透明的面子
让人一眼就看到
丰盈的内心

祖传的秘方
就是将舌尖上的文化散养着
老母鸡在房前屋后转悠
野河里自由自在的螃蟹　正享受着
原汁原味的阳光

身穿唐装的陈老先生如数家珍
服务员满面春风
她轻轻一提　便将
一个美妙绝伦的传说
慢慢移到客人们的心坎上

靖江人不喜欢把事情藏在肚里
三十二道褶皱
是你微笑着的名片吗
又是什么　让一座城市的味道
飘香在相得益彰的积淀里

如果打开一孔小窗
五圩港的故事　和
一汪浓浓的乡愁
便顺着清纯的记忆
情不自禁地
流淌开来

纸船

将一截光阴折叠起来
靠在岸边
要等的人在天堂
天堂离梦中的老家并不遥远

也许只隔一层纸
将期盼的目光铺展开来
就是辽阔的路
过去的日子再薄再轻
云雾中　总能看见白色的帆

抚摸一张纸
也像抚摸一张脸
秋天里森林的白发
让我想起一幅画
一棵倒下的树
一条救赎的船

岁月的苍茫
可以用水与火一起来渡的
母亲的船
载得了多重的秋思　和
渐渐褪色的时间

立夏

我在等
等漫长的黑夜过去
等清脆的黄莺开口

等那滴露珠
轻轻滑过春天
等母亲侧着身子
从床背后头的坛子里
掏出最后一枚鸡蛋

那个天天在门口
等我上学的小女孩
早就嫁人了

最近网传煮熟的鸡蛋
还能孵出小鸡
我在等

洄游

在过去的时光里逆行
有一场抵达
直指生命的起点

一路向西
江湖里的诱惑虚虚实实
虚的是磨难
实的是人生

四月的桃花为谁而开
飘絮的杨柳正在招手
千里之外的岸边
童年的风　又一年
吹瘦了
影子里的亲人

春天的田埂纵横交错
长江里的水越来越清
我看见　故乡
张开了一道道　盛情的网

一条刀鱼
在出水之前

就已经死去

几根骨刺
卡住了
我进村的路

药引

我的老毛病又犯了
床在颤抖
整个家在颤抖
半夜的天空在颤抖

父亲支起药罐
先将火压得很低很低
外面雷电交加　他担心
暴风雨会将一棵草吞没

天快亮的时候
浑身湿透的母亲推门进来
一种熟悉的味道　莫名其妙地
让我再没咳出声来

第二辑

低音

•

一本书有时不是一本书
它是一块砖
有的人用它来盖宅子
我用它来敲门

——《一本书》

唱凤凰

流行于靖江沙上的民间艺术。说唱艺人带着锣鼓，举一只纸做的凤凰游走于乡村之间。

——题记

把生计扛在肩上
我以一只鸟的名义走村串巷
有谁听得懂我的歌声
有谁看得见我的忧伤
咚咚锵

把微笑挂在嘴上
我用衔来的祝福表达吉祥
鼓点是我匆匆的脚步
锣声是我原生的清唱
咚咚锵

把风情写在脸上
我用美丽的羽毛抚摸沧桑
抖一抖额上的尘埃
扇一扇骨质的翅膀
咚咚锵

把秘密放在心上

让沙里淘出来的方言
淡淡地发光
我是一个篾扎的老人
我是一只纸做的凤凰
咚咚锵

动车上

怀抱婴儿的少妇
在里边的位置坐下

脸上的两朵红晕
像窗外的云　一飘而过

几声啼哭之后
整个车厢安静下来

她侧过身子　麻利地
用右手解衬衣纽扣

一颗　两颗
三颗……

丝丝清香　随渐渐变软的
方言轻轻晃动

一车人再不作声　仿佛
被堵住嘴的孩子

青核桃

他抚弄一颗新果
一点一点地
剥开它

忍着疼痛
他用刀子　削掉身上
多余的东西

从一座绿房子里
他放他出来　放出多年前
青涩的自己

像蚂蚁一样生活

爬在树皮之表
以为攀上了高枝

扛一粒白米
汗流浃背的　跋涉者

多么像我
低着头

一步一步地
堆出自己的雪山

致青春

我曾经在身体里养过一只虎
它毛发铮亮　两眼放光
从高高的山岗
咆哮而下

我曾经在身体里供过一位好汉
他爱喝酒　十八碗不醉
徒手打死了
我放浪的化身

现在它们形骸两释
将各自的恩仇熄灭在同一个节日
一个回到官府
一个退归山林

走在俭学街上

俭学街的路灯
是不太耀眼的那种
映在眸子里的光
未曾被吹灭

从大学的正门出来
任今夜的风　轻轻拍打
马路对面的羊肉泡馍五毛钱一碗
那个冬天你请我吃过

我更喜欢走在内侧
听你讲白天的概率论
讲中原的趣事　和一个南方人
留不下来的种种可能

因为你在
后面的三十年里　我
多少次计算过重逢的机会
而生活每每给出了错误的答案

走在寂静的街头
我习惯于
循着你教的思路

辨别虚实

凝视曾经的背影
我放慢脚步　这条街太短
你还没讲完
便走到了尽头

蜘蛛人

只有你知道
生活是一张
怎样的网

爬行的速度是由什么决定的
亲手编织的家园又属于谁
那单薄的身影　为什么
还寄居于五环之外

即使缒在高处
你也看不到全部
晃荡于摩天大楼的表面
只有来自故乡的风
和眼前的浮云　托住你

擦干净的幕墙
是城市的眼睛吗
它能不能容下
一粒沙子的渺小心愿

只有你知道
谁的命运
正悬于一线

下厨记

去自由菜市场买鱼
需起大早

她最爱的河鳗
是野生的　肉嫩而刺软

从洗杀到上桌
三小时有余的过程

像写一首情诗
我分好几回加糖　添盐

火焰在炉子上起舞
锅里的浓汤不停地跳跃

有几次溅了出来　溅到
她帮我系上的围裙上

慢生活

我喜欢
就这样漫不经心地
看着远方

比如看着日出
她一小帧一小帧地
脱去浴衣

比如看着日落
她一小口一小口地
吮吸暮色

而山顶上的月亮
已等了我一天
她一小步一小步地
翻过西墙

蚂蚁帖

比尘埃略大
比雪花稍轻
从冬天的乡野来
在泥土里寻觅光阴

借助人间的风
也能够飞
借助春天的耳朵
是否听到了惊蛰的雷鸣

一枝不经意的嫩叶
一座通往天堂的桥啊
跨过窗沿上的槛　有人在书桌前
拥抱卑微的身影

黑压压的方块字
排成了迎亲的长队　少年的心思
终于在第五十四页的日记里
悄然落定

我是站在路边的那位唢呐手吗
当雪花开成了梅花
若再倒吸一口寒气　又能吹出一首
怎样生生不息的爱情

一粒米掉在了地上

我想　它一定
是很疼的

赤裸着身子
平白无故地　被
抛弃在人间的空白处

弥补的办法　就是让它
回到碗里　回到筐里
回到父母的打谷场

让它重新穿上衣裳
回到田头　回到枝头
从秋天回到夏天

让锄禾的人　再抚摸一回
可怜的孩子

梵

灵修的人们
双手推开　向上
圣洁的水
照见了太阳

一条美丽的小蛇
将五千年的神话娓娓道来
她调整好体位
静坐　冥想

被捧住的天籁之音
越来越轻
干干净净的孩子
都有一双神奇的翅膀

身心合一的本体
飞翔在昨天与明天之间
呼吸的节奏　听命于
婆罗呼喊的力量

宇宙的信徒
已将自己全部打开
胸膛里划出了一条小船
一弯轻盈的月亮

无花果

并不是每一颗爱的结晶
都有轰轰烈烈的前奏

正如这树因缘
有谁问过她的来历
那只蝴蝶　是否
曾经在《圣经》的旧约中翻飞
春天里的故事　为什么将绽放的情节
悄悄地略去

第八世纪的黄蜂
那个被奉为神灵的红娘
举着善良的魔棍　不露声色
在阳光下　轻轻地敲三下
传递一枚暗香　和
春夏之间的情话

美丽的结局挂在金秋的枝头
当国王的女儿　幸福地
从神话中下嫁成果园的主人
一位农夫甜蜜地告诉我
有一种花
只开在心里

路

将想去的地方
写在小纸上

天亮的时候看一看
天黑的时候看一看

我的手心里有三条路
左边是山　右边是川

一阵风吹过来
地图不见了

我朝天边——
看了看

瓷婚

两个人坐在书房里
静静地　不说话

他在一本厚书里
翻找金子

她理好一团紫毛线
继续织少女梦

他们几乎同时抬头
朝远处看

那棵梧桐树的雀巢中
又一拨小鸟飞走了

她起身　关上了
半掩的玻璃窗

他擦了擦花瓶　又将它
搁回原处

外面起风了　屋子里
听不到半点儿声响

未来之树

一枝新芽　终于
从古榆树的侧颈处
探出头来

睁开惺忪的睡眼
吮吸一口　人世间
疏朗的空气

清晨的阳光
将全身照了个通透
柔软的风　第一回
吹进嫩绿的心田

这是等待一个春天之后
他以一棵
未来之树的名义　站在了
时间的肩上

时光的碎屑

头顶的雪
推是推不完了

大山　怎样将
所有的路飘成白色的
只有风知道

光阴已将自己
碾成细屑
只有雪知道

而地上的霜
不能再用寸来量它了
只有我知道

我对理发师说短点
短点　再短点

阅读，需要伴侣

需要一杯咖啡
从羞涩开始
将月色慢慢地调浓
就着兴致　加糖

需要一壶茶
无论明前明后
在这片简单的叶子里
都要读出秋阳

需要一把锄头
使劲地向下挖
黑色的背面
是光

需要一口好牙
这些四四方方的家伙
骨头硬着咧
没有咀嚼　哪来营养

需要一个人
抱一本书
站在我的身后
不声不响

立秋

从今天起
我们可以回头了

风一吹
金色的稻香袭来
哪一粒是你
十月怀下的种子

听到脚步声
那排金桂　齐刷刷地
转过身来
她们很快就会开花

刚刚解除静音
一拨一拨的问候　美图
朋友圈里勾勒的
大都是已经收获的微笑

从今天开始
斗指西南　我徂东山

灰喜鹊

冬日的薄雾刚刚散去
昨夜的风　从林子的深处
匆匆醒来

枝头的鸟儿
正使劲地呼喊　小伙伴的名字
在浅白色的晨光中
忽闪忽现

他转动黑色的眼珠
将许多隐藏着的想法编成了歌谣
不需要伴奏　他喜欢在自己的领地
尽情地吟唱

这样的方言只有我能听懂
在异乡的一隅　灰喜鹊的声色
可以将远方的春天
虔诚地叫亮

冬日

时光慢了下来
慢于北风
不断南侵的脚步

大多数的绿在退却
从高处到低处　由近及远
越过了深秋的最后防线

枝头的雀窝与大树下的隐私
渐渐裸露出来　原始的村落羞涩得
像脱光衣服的少年

有一只小鸟忘记了归途
有一片雪花　正在
醒来的路上

上海蓝

太平洋的潮汐
将这座水做的城市
一遍遍抚摸

五百岁的心
被隔壁王老太太的慈祥
渐渐融化了
天空像无边的牧场
那匹奔腾的白马
今天如此宁静

开门遇笑脸
一大早快递员轻手轻脚
将不期而遇的问候
插在窗前干干净净的花瓶里
街道如镜
弄堂的尽头　隐现着
环卫工挥汗的背影

你在海之上
谁为海之子
什么样的风
可以将我蔚蓝的奢望
温暖成本色

无穷小

相对于空
我确信自己的存在

无须刻意求证
那些看不见的事物
即使一粒尘埃
也有它不为人知的秘密

我曾经对一段苦难
进行过无限微分
用趋于零的变量　试着去
和解所有的是非曲直

这样的算法模型显然灵验
它可以确认一个定数
把小得不能再小的道理
奉为终极

将自己小到无
或许更接近真实

命名

这片天空没有名字
我们可以随意称呼它

这方田野没有名字
荒芜掩盖前世

这些小树没有名字
它们是飞禽的养子

这堆坟头没有名字
鸟儿去了远方

我用一首小诗
为原罪命名

我能赎回
谁的孩子

老街见闻

我看见枝条招招
我看见绿叶微笑
我看见衡山路上的风
穿过几条小弄堂　将一百年前的故事
轻轻地絮叨

我看见香气飘飘
我看见余音缭绕
我看见上海滩的师傅
别具匠心　正在将中国化的西式经典
优雅地烘烤

酥脆的法式风味里　弥漫着
古老民族的小资情结
四面八方的来客风度翩翩
一对异域的姑娘小伙　欢快地唱起
耳熟能详的沪上民谣

音乐餐厅的啤酒一定是当年的味道
和集小屋的货架添加了全新的书号
现磨的卡布奇诺咖啡　就像刚刚出炉的文字
邻座的老外慢条斯理
举手投足一副老上海的做派腔调

华灯初照
小小红楼的门前聚满了票友
老唱片里播放起夜场戏的诱人广告

诗人

风雨中　那只
低吟的夜莺
凝噎的灰雀　和
哽咽的孤雁

那只健忘的画眉
折翅的纸鸢
甚至舞台上　那位
双眼红肿的鹦鹉

只要她哭出
别人的泪
只要她咽进
自己的肚子里

黑鸟

一只黑色的精灵
在枝头上冥想

肃寂的风　沉睡了多年
淅淅沥沥的雨
淋湿了他的翅膀
他乘着夜色　拼命地飞
剪开天堂的窗帘
他看到了两束慈祥的光

这身黑衣服　亲人为他缝补过
村后的老槐树下
正睡着他远去的爹娘

一只黑色的精灵
在枝头上守望

空瓶

始终无法洞穿的
不只是薄壁　周遭的事物
深不见底

关住一只萤虫
再跑到野外放生
微弱的灯
照亮过童真的路

用它盛水
一洼池塘又活了起来
月亮是举在枝头的荷叶
无论圆缺　翘首以盼
污泥洗净的明天

依然隔空相望
满上的酒　一饮而尽
别过的兄弟
醉了又醒

用什么来填补今夜的亏欠
那个插花的人　正赶在
虚无的路上

南方的茶树

我能不能称之为金枝
我能不能称之为玉露
我能不能称之为药
我能不能　将那段潮湿的岁月
祭奠在每年的明前

大西南多雨
我们常常将月亮邀在杯中
然后面朝故乡
将杯壁上闪着星光的几滴乡愁
一饮而尽

初愈的时光也是水性的
南方的茶多酚能解北方的毒
沸腾的四月
将沉醉已久的往事
渐渐地泡开

茶是酒的兄弟吗
醒来之前　我又梦见那棵树
她守望着我们一起指点过的河山
而浇灌过她的人
都去了远方

一本书

一本书有时不是一本书
它是一片天
下午有一群羊在啃草
晚上则种满了星星

一本书有时不是一本书
它是一座山
想要登顶的人很多　只有
点灯的人才能照见攀援的路

一本书有时不是一本书
它是一口井
有的人从里面捞月亮
有的人往里面砸石头

一本书有时不是一本书
它是一块砖
有的人用它来盖宅子
我用它来敲门

雪儿

肯定有一朵
是省亲的姐姐

她走的时候才十三岁
冬天　那只小纸船
载不动
一个洁白的名字

雪儿　雪儿
母亲守在岸边
不曾把一朵花叫醒
却将小河里的水
喊干了四十年

今夜　远嫁的人能否应声而至
她脚步匆匆
会赶在太阳出来之前
看一眼
老去的亲人

南方少雪
我已等白了头

有所好

我喜欢童话
我喜欢寓言

我喜欢生于地狱并慢慢走向天堂
而非倒着来

我喜欢善意的谎言　甚于
恶语的坦承

我喜欢活着的雕塑
万国建筑前应种几棵银杏树

我喜欢数字中的“0”和“1”
演进为生活的各种可能性

我喜欢方块字铺就的路
英文是独木桥

我喜欢习惯性侧身
上山的路很窄

我喜欢直立
只在长者与古人面前弯腰

我喜欢自由的翅膀
这得益于逻辑的笼子

我喜欢白开水
茶是着了色的麻醉药

我喜欢忘却
所有的纪念都是时间的刻刀

我喜欢瞬间
谁说昙花的生命不会永恒

我喜欢儿歌
我喜欢清唱

洛阳铲

是老中医手里的一根脉针吗
闭着眼睛扎进去
在地球的肌肤捻转　提插
将相的穴位
帝王的气场

是守墓人腰间的一把钥匙吗
那尊叫作夜幕的锁会不会是虚设的
通往宫殿的门　缝隙
常常被沿着鼠洞爬行的影子
不露声色地拉长

是魂灵进出地狱的一截弄堂吗
邙山的所有血管都是人造的
打开或者堵住这条通道的只有两个人[①]
一个姓李
一个姓梁

而今天　在博物馆的陈列室
洛阳铲确是一根拐杖

① 两个人：指洛阳资深盗墓人李鸭子和著名考古学家梁思永。

多少人正拄着它　寻找
寻找一条延绵的路
一程更加神秘的远方

净湖

做一个放牧的人
看一匹一匹的骏马　牛羊
在空中的草原奔跑

一只一只的白天鹅
向蓝天的深处追逐
原始的浪花　被清澈的风
拍打出辽阔的感情

一粒一粒的尘埃
已将隐形的翅膀悄悄折起
水底的石子　沉睡于
雪山之巅

一颗一颗星星纷纷醒来
无边无际的镜子
照见了童年
湛蓝湛蓝的眼睛

做一位净湖之子
让自己的影子　在最后一滴泪中
轻轻地飞

龟

我说的是山脚下的那尊
长得像石头　只有它
能让周遭的一切
安静下来

小树默默地守护
溪流没有声响　鸟儿
在这儿学会用方言
低吟浅唱

羞愧的兔子
早就躲到云后
太阳哼着小曲　知道自己
也只是过客

我说的是寓言里的那只
让自己慢下来是流水的心思
“不要急着过河
想清楚要离去的地方”

紫薇

明明铁骨铮铮
却取了个柔情似水的名字

电视剧里的情节
都是为浓妆艳抹的光阴粉饰的
我更喜欢
清风素衣的姑娘

她们只是一棵棵重情重义的树
却不争春
将紫红色的诱惑与淡定
开在成熟的季节

哦　原来含而不露的人
一旦笑起来
也可以让芳华　丰满
整个秋天

龙门石窟

异域的大和尚
扯五千里丝绸一路东来
在古老的魏晋风水里
打坐　一千五百年
修成正果

卑微之人琢龛
达贵之士凿洞
他们刻人刻物刻神刻鬼
刻前辈子的乾坤　和
下辈子的山河

将轮回的命
拴在山边
一匹即将瘦死的骆驼
眼睛里泛起
无垠的沙漠和明天的烛光
佛陀的报身站在高处　笑纳
芸芸众生的香火

那些捧着经文不放的人
早已被超度
西山的风在左

东山的雨在右
信徒们喝足伊河的水
在风雨中唱起天堂的歌

而一条佛光高照的鱼
刚刚从历史的渊源里跳出来
在帝都的门前　她被拜成
活灵活现的石头

袜子弄寻道

在这里仍可以找到铁针
在这里仍可以找到木机

在这里仍可以找到忙碌的梭影
在这里仍可以找到穿剩的袜子

只是今天我不需要这些
只是现在的冬天不冷

我是来看一条小弄堂
是怎样成为地图上的粗线的

我是来看一位老婆婆
怎样裹着小脚走向天边

天鹅的告白

飞越冰冷的时光
征衣被月色擦亮
一座座山峰
一条条河流
迁徙的梦　在执着的羽翼下
一回回延长

这就是我的家吗
深山里的一湖清波
荡漾起儿时天真的向往
曾经的单相思　如今长大了
洁白的画面上
有位佳人　在水一方

多么熟悉的身影
那个丑小鸭是谁的原型
我欲飞回三十年前的河边
曲项朝天　用纯而又纯的表白
重复几声乡音低鸣的清朗

我不是过客
来回之间
灵魂在栖息
命运在飞翔

书房

在这里定居吧
让灵魂不再流浪

围一块自己的领地
用纸做的砖垒起高墙
将遮风避雨的伞
撑开　开成一朵静静的花
让这张小小的书桌立在喧嚣之外
立在生命的中央

即使在无人知晓的角落
一本书也是一扇窗
将整个世界的光陈列起来
从此　便没有了夜
被刮下的墨　已经磨成了光
这时候一个字能把一盏灯
温暖地点亮

那个穿旧长衫的人去了何方
所有讥笑你的人
都没有跨过这道槛
回来吧先生
让我们温上一壶酒　对饮千年书香

让醉眼里长出
一串串反季的菊黄

书房
离我们最近的天堂

棒棒军

从身体里抽出一根
最硬的骨头
用尼龙绳　把
青色的梦想缠紧

将朝天门前湿漉漉的朝阳　和码头上
由远而近的汽笛声担在两头
大吼一句
兄弟伙　走起

通往南山的坡很陡
每一个坎都是为你而设的台阶
只有老式的解放鞋　能把崎岖的命运
慢慢地磨平

落日就像一滴耀眼的汗珠
余晖里　你左手叉腰
右手倚住
一截曲而不折的人生

月湖山庄见老友

住在这里的张画师
三十年前闯上海

从东外滩到南京路
从老闸北到新松江

捧着一只旧画夹　就像捧着
一只讨饭碗

浦江水泽本帮人
也喂我们这些外乡客

他速写大上海　又顺便
素描小自己

如今的庄园兼展厅
将上海滩装在了宅子里

我们喝着下午茶
坐在后院的菜地旁

佘山的冬天暖融融　太阳
斜照在杯子上

一粒尘埃

以前我也在天上飞过
向各种各样的风
借过色彩

可是没人看见
我也看不见自己
那个时候没长眼睛

我的心思太轻太轻了
飞翔的翅膀是空气做的
没有质感　两脚悬空地
飘在高处

感谢今早的一滴雨
把我劈成了两半
二生三　三生万物
万物皆为土
这是不是最后的归宿

风仍然很大
我在郊外的秋思中　静静地
闭合了双翼　并
以大地之子的名义
降落人间

在朝天门喝酒

两个女人走累了
在这儿相拥　哭泣

从春分到夏至
眼睛就要干枯的时候
总有巴山夜雨

岸上的男人
都是挑夫出身　他们胸中
也有两条江

就像我俩
昨晚在码头上喝酒
吹牛　碰杯

有几滴溅在了桌子上
我们不承认是眼泪

暗恋过的事物

比如一块橡皮擦
白白胖胖的　青苹果的香
一阵阵漫过界河

比如一枚毽子
骄傲的羽毛　插在
手工缝的立竿上

故意写错字
用铅笔　反复地画
长辫子的姑娘

或者站在操场边
傻傻地等　等风
刮得再大一点

牧羊人

他喜欢学羊叫
时间一久　山谷里
便多了一只羊

他叫一声
一群小草便竖起
警觉的耳朵

再叫一声
呼啦啦
片片白云就聚拢过来

他的叫声　会让
西坡上的石头变软
屠夫的女儿　正悄悄
藏起祖传的刀

不叫的时候
他仰面朝上　敞开皮袄
兜住两个人的天

为一片雪命名

我不愿叫你花
是花　就有最后的凋零
你的绽放属于寒冷的冬季
那围炉而坐的夜话　温暖过
一碰即化的精灵

我不愿叫你鸟
晶莹剔透的羽翼
一路被风裹挟
无止无休的呼啸　哀鸣
让整个世界不寒而栗

我不愿叫你白发
纷纷而落的忧郁　哪里是归宿
匆匆而归的游子
将一段光阴　搓捻成
铺天盖地的细屑

就让我呼你一声乳名吧
老屋前的小雪人失踪已久
玻璃窗上挂满了　薄薄的
泪的结晶

一对空杯

原来是一块石头
很重　很重

在很远很远的南疆
亿万年沉睡
唤醒它的
不是淘金者

玉匠的女儿
是块上好的山料
有人用心雕琢
想从她胸中挖出
另一个自己

被掏空后
心里能盛更多的东西
和田的风光　美酒
都可以从一杯杯想象中
慢慢地取出

现在是一对情人梦
很轻　很轻

孤山

有一种高度
在游子的心中
需要用一生来仰望

亦如这座山
五十三米　有祖先的灵光
在云朵里闪现

故乡的额头
落寞过　千百万年被
无垠的海水埋没

千帆远影皆过客
大潮退去
六十万子民依山而居

那副长联仍在
平缓的南坡　直达
大雄殿的香火

从茫茫大海中走出来的孩子
正循着古刹钟声
往上追溯

风一吹

风一吹
一堆云散了

江湖不再年轻
一潮一潮的细浪　在额前
弹奏着岁月
越发深刻的记忆

银杏树开始掉发
晚熟的果实裸露初心
贫瘠的土地　又埋下
一粒倔强的种子

雪花是骨头硬的女人
飞舞的样子有点乱
却将天地间难以入目的东西
用洁白遮盖

大雨掀漏过穷人的屋顶
熄灭的火苗　于午夜
被一根银簪
慢慢拨亮

风一吹
枝头一轮明月

时间说已暗恋我多年

我说大海是爱我的
浪花笑了
我说大地是爱我的
小溪哭了

天空睁开了眼睛
双子湖儿孙满堂
飞鸟　风和云朵
还有一群群快乐无比的鱼
他们用人世间最清澈的语言歌唱

露珠是被我的梦呓吵醒的
小草用稚嫩的手掌
轻轻托起昨夜的雨声　和今晨
第一缕阳光的问候

时间说一生二
我相信万物有灵
时间说已暗恋我多年
我笑着笑着流下了热泪

散步

有时候去外面走走
只为捡回喜欢的树叶

橙黄色的　浅红色的
甚至青绿色的
我不会想到谁的圆寂和夭折

那一片秃顶的森林
又是谁的江山
我只见树木

一叶孤独的小舟
飘在空中　它承载着
太多的命运

道路　河流
穿过原野上的美人斑
岁月终在一片叶上注脚

捧住一片落叶
就像捧住　秋风中
失散多年的孩子

有时候去外面转转
只为撞见久违的自己

唐经幢

唐风轻轻抚响
佛竖起食指
华亭一隅的神针　高举起
衙门旧址上的道道金光

花草禅定
蟠龙飞翔
口含璎珞的狮子　拱卫着
横眉怒目的天王

海水止住了
流云驻足
诵经声与读书声　同时
被隐秘的晨钟点亮

刻进石头的传说
莲花盛开　一百五十个名字
千百年来由众生
虔诚地供养

老街上人来人往
黑鱼圈在弄堂
束着腰的菩萨　慈祥地
走在中山中路上

云间水墨辞

铺开一张纸
就铺开了天空

你在上面种竹
只种两棵
就长出佘山的鸟鸣

种石头
留些白　种云
生出织布的棉花

种太阳
就冒出云间的书声
把我的眼睛照亮

桥和船
是租借的两滴墨
拖欠的时间　过了河便还

不须种月亮
它正捧着一面镜子
藏在浦水之下

“我们互为纸墨
昼夜相望”

水下广富林

我跟着导游往下走
水很快没过头顶
心跳加速　甚至窒息

一下子回到石器时代
有个陶罐摔碎了
很快又被黏合

那个石犁
我在梦里拉过
今天多想成为一头牛

手握冷兵器的头领
早被后人战败　他的钺
已变成生活的钝器

墙壁上的鹿在迅跑
它偶尔回首
再不见追逐它的猎人

它一直在飞奔
从夏商周到秦汉　魏晋南北朝
转眼间穿越五千年

现在　它又成为一列高铁
从我的身体里
呼呼地开出水面

一只鸟落在阳台上

她跳跃着
不时地
向屋内张望

我停住手中的活
笔尖下有几道——
反射的光

她没有觅见几粒熟悉的谷子
深秋的风　已将
一只鸟的原野吹瘦

我开始后悔
没能预先打开　那扇
紧闭的窗

我们之间的隔阂
不仅仅是一堵
透明的墙

清唱

公园里　那个穿着朴素的人
手持黑话筒

一曲接着一曲
欲将自己的平生往事
全部倒出来

又像魔术师
从那个布口袋里　不断吐出
一枚接一枚的硬币

金光闪闪的声音
像每个人的脸　经岁月
粗粗打磨过

其中有一曲
我们每天都开心地听到　有一曲
又像那部悲剧的尾声

我站在那儿　不知不觉中
陪他演完免费的前半生

上海之根

"先有松江府，再有上海滩。"

——题记

风吹过海边
万物生
族人种桑麻　也种高楼

天文台睁开眼睛
教堂的钟声
漫过塔尖

传说中的神针
可以填海
也能织布

云间鹤唳
一枝修篁　从薄雾里
探出了脑袋

有一个人
以匍匐的姿势　度日月
度自己

六千多年了

断墙的影子　在风浪里

涨了一截又一截

雪花飘

西北风使劲地吹
不是想冷落谁
不是想遣散谁

雪花夹杂于天地间
身单衣薄的人　步履匆匆
有一朵站在枝头眺望
有一朵　在睫毛上
悄悄地融化

每一滴泪都是岁月的结晶
爱与被爱　悉数飘落在
男人的原野上

车站　广场　码头
铁轨向一片
寒风的内部延伸

家还在远方
农民工兄弟的心里
堆满故乡的雪

西北风使劲地吹
不是想奉迎谁
不是想拥抱谁

楚辞是一块会说话的石头

可以在上面磨刀
时间如纸　越来越薄的声音
常常从梦中醒来

可以用它来敲门
士大夫在屋里喝酒吟诗
有几截断句　今夜无眠

可以坐着抽烟
看海　南方的天空翻转
两千年前的云雾

抱着月亮痛哭的人
泪流成河　已将
每一片光阴洗净

抽取最安静的一页
做照魂之镜
汨罗江秋水清清

你也可以再朝前翻阅
将一条鱼　流放进战国
那历史的深渊

时间的味道

天还没亮
她把几十块尿布
洗干净　晾起来

搓了搓通红的手掌
凑到自己的鼻子边　嗅了嗅
她在捕捉生活的味道

太阳落山时
她又从阳台上　把它们
连同丝丝余晖摘下来

她坐在小床旁
一块一块地将这样的心境
抹平　叠整齐

这是她每天的必修课
墙上的挂钟
在嘀嗒嘀嗒地响

素友

——致 F 兄

将一碗茶
熬成一服药
我用了十天

将一把刀
磨成一根草
你花了十年

将一本书里的所有情节
改编成两个人的故事
我们都忘却了时间

那些干干净净的器具
一尘不染的文字
焐热了昨天的箴言

曾经的密钥
是怎样将内心打开的
我的梦里　至今还在摇曳着
雨里的苦　风里的甜

你的两肋还疼吗
在干渴的远方　我多少次

想蘸上两滴黑色的泪
在你留下的那页宣纸上
写下几句
卑微的诗篇

扑空

我们听见
砰的一声闷响
因为几个虫子　一只麻雀
重重地撞上了南窗

将玻璃与空画等号
不是鸟的错
许多结果　都缘自
几近透明的假象

像一只只飞蛾
眼里装着的光明
误导了它们　前赴后继
拥抱人造的太阳

我们有时也生活在不确定中
以为有约在先　却也扑空
幸好门上有一孔暗示
幸好有一把钥匙揣在心上

本命圆

命本来是圆的
你看太阳　地球
它们绕着圈在互相的眼里
不停地奔跑

时钟随着自然的意志旋转
日复一日
树林听到它
由东向西的呼喊

每一棵树的内心
都刻录着跋涉的脚步
一圈大于一圈
向外挣扎

越过道道年轮
命中缺木的人　正在扎起红腰带
站在天际线
不停地栽树　修路

跑道是圆的
我们一直在追赶
十二年一棒
自己跟自己接力

低音

细雨敲窗
我听见风在清唱
落叶金黄
我看见秋在彷徨

天气转凉
思念的人儿提醒添加衣裳
偶遇老乡
酒杯里漂浮出儿时的月亮

两只麻雀站在地头
相见无泪　他们——
低头数数收成
抬头看看远方

第三辑

刮骨

•

到了高潮处
开始怨老公　恨不得
将他们的血倒进杯子里
一饮而尽

——《凡尔赛女人》

凡尔赛女人

两个女人在喝红酒
她们聊人生

一个谈波斯猫
一个讲宠物狗
一个谈天价的 LV 包
一个讲健身房的小鲜肉

都是些美丽的烦心事
她们面若桃花
谈几句便喝一口
讲一阵　就干一瓶

到了高潮处
开始怨老公　恨不得
将他们的血倒进杯子里
一饮而尽

马戏

一只纯种的金毛犬
忙碌于舞台中间
它在卖萌　卖技艺
卖下午的光阴

它两脚直立
双手合十　作揖
有了一些掌声
它就点头　敬礼

穿越带火的圆圈
冒了点风险
用捡回的小球
兑一份进嘴的奖励

在马戏场每天都有类似的表演
猴　马　老虎甚至小丑
只是大家已习惯了
各自的角色

驯兽师也一样
他摘下礼帽
欠身　牵住金毛

对台下鞠躬

我们也下意识地
站起来　拍手
非常愉快地　接受
这谢幕的一刻

七秒记忆

我往缸里撒一把食饵
所有的鱼都围过来

有几条抢到一些
有几条扑了空
它们都吐着轻松的气泡

我再撒下一把
还是那几个得意者
占尽了天机

这让我心生悲悯
我多想看到
哪怕几粒的谦让

事实上是我错了
它们仅有　几乎已被忽略的
七秒记忆

我的痛苦在于　不能忘却
那些撑死的生命

不会说话的香樟

院子里的一棵樟树
被莫名其妙地杀了头

它也许是有罪的
遮掉了小石楠的半截阳光
挡住了银杏
斜伸过来的那只手

可是依旧挺直腰杆
它的残臂　仍在
舞动自己的春天

它只是不说话
风长着虔诚的耳朵

餐桌上

吃一条鱼
慢慢地　一小筷一小筷
用一杯黄酒壮胆

我们开始谈论往事
空气很纯
阳光里　鲥鱼游来游去
江边的水捧起来就喝

也谈到疫情
在自家的餐桌上
我们今天不戴口罩

一滴水
不小心地
溅在鱼骨上

忽然间我哭了
妈妈　我不能让一条鱼
重新回到当年的水里

倒带

他睁开眼睛
从右至左念遗嘱

点滴冒着白泡
快速往上流
电梯门再次打开
从顶层向下降

闪着红灯的白车子
在街道上退着走
放生的鸟
又飞进早晨的笼子里

捡好的菜
回到田里　越长越小
一颗种子
折返到去年的春天

掉下去的太阳
从村西头爬起来
东海边看日出的人
匆匆往家赶

转眼间　他又回到娘的肚子里

他闭上眼睛
一片无垠的海

硬与软

原来我以为
砖是硬的　铁是硬的
东埭里陈老二的头
比铁和砖还硬

在他那儿空气也是硬的
半夜里　他的干咳声
能止往
小孩子的哭

后来他患了精神分裂症
经常用头撞墙
用空拳砸锁
但是并不喊疼

现在我知道
声音是软的　道理是软的
命也是软的
虚掩着的门比什么都软

捡到一角钱

它躺在台阶旁
上上下下的人
打这儿过

风雨洗刷过它
秋天的冷月
抚摸苍白的脸

我单膝跪地捡起来
用衬衣一角
揩去它身上的尘

小小的国徽泛起光
绽放的牡丹
冲我笑

我心思重重地
看着它　琢磨着
可以交给谁

七步

夜与昼之间
没有距离

天与地之间
没有距离

生与死之间
没有距离

而我与你之间
为什么还相隔七步

半朝命短
一句诗长

走回头路的女孩

自从初中失恋后
她就什么也不怕了

不怕高中的门槛高过
她抬起的左脚　一匹白马
被远方的潮声淹没

不怕那间小屋子里
老鼠的胆子越来越小　只敢
打梦的枕边过

不怕大都会的霓虹灯光
洞穿一粒葡萄的薄衣
丰满的汁液　被酿成了
一杯杯鲜红的泪

有人说她疯了
有人说她醒了
下半夜从夜店出来　她一个人
朝老家的方向走

从十八岁朝一岁走
朝娘的肚子里走

走着走着
哇的一声　前面的天
就被啼亮了

花呗

变成一个潮女
完全是蚂蚁的功劳

它伸长缠绵的须角
牵牢你的小手
扶住你的蛮腰

你亦步亦趋
攀上了风中的树
爬上了雨中的桥

亲爱的小鱼儿
我一点不勉强地告诉你
长大了的蚂蚁
便是天猫

墓碑

那些死去的人　似乎
心有不甘

你看村后的坟地里
一排排举起的手
他们也许有话要说
或者对什么东西　志在必得

像在拍卖场
将牌子举过头顶
阴间也讲法则　一个坟头
只举一只

穷人一只
富人也一只
一位一只
两位也一只

地上地下的人　对此
均无异议

移栽

许多大树在成荫前
都漂泊过
从一个不起眼的角落
到另一个陌生的家

比如这几棵榉木
情愿不情愿　都被
重卡和吊机绑架而来

只有经历过迁徙的人
才知道水土不服的苦楚　和
枝叶修剪的疼痛

只有坚强地活下来
我们才有资格　频频点头
对着和畅的春风致意

多少回被伤害过
我们的根　一半留在故土
一半落定他乡

读史

今夜　邀几位皇帝
到家里吃饭

他们大都年衰
不胜酒力
有的晃荡着银樽
呼唤当年的宫女
有的才喝了一杯
就交出了兵权

宋太宗满脸通红
附我耳边　反复地说
兄弟不是他杀的

精神病院记事

第一天　他将半粒药片
藏在她的手心里

第二天　他将半页处方
叠进她的信封里

第三天　他将半只果核
埋入她的花盆里

第四天　他从半块玻璃中
磨出她的影子

……

第一千零一天　他
两手空空来敲门

他每回都对她说
——我没病

日照中心

这些腿脚不便的老人
大都思维清晰
他们习惯对着屋顶上的几只鸽子
长时间地凝望

他们若有所思
用一口假牙　将可口的饭菜
和得意的往事　咀嚼得
津津有味

他们以老顽童和老妖精相称
或者响亮地喊一声老哥哥老妹妹
偶尔也像孩子一样　互相搀扶着
晒晒西沉的太阳

他们要赶在儿女到来之前
将一些亲密无间的游戏做完
做着做着　夜幕
就降了下来

布洛芬

它是米　面
被新包装的咖啡伴侣
可以就着开水喝

它是盐　糖精
六十年代的观音粉
能救一家老小的命

被称作棒棒的老王头
将一堆零币递进去　很快
又被推出来

“它不是药
没有退烧功能
不能缓解谁的疼痛”

鸿蒙

我所游兮，
鸿蒙太空。
——曹雪芹

我将这颗心
全景式地交给你
不再羞羞答答
丑媳妇才怕见公婆

我甚至连媒婆都不怕
她们阴险毒辣想包办我——
堵我的门
封我的路

我将四通八达的路分布架构
让全世界的人都知道——
一不留法律的后门
二不设道德的漏洞

我的这颗心可以很小
小到一粒米　一粒尘埃
我的这颗心可以很大
大到一个梦　一个世界

酒戒

南天的云是酒
北国的雨是酒
在云雨中泡大的胆量
常常立在充满诱惑的风口

酒量与水性相关
这是一条怎样的河啊
碗里荡开的豪情　多少回
从波涛万丈的浪尖
惊心动魄地踩过

谦词搁在一边
大话留在三杯之后
不断翻新的酒令
挥发杯觥交错的故事
诸公醉意不在酒
霓虹灯下　谁又蒙眬了双眼
红罂粟晃动着迷人的花朵

北国的云消酒
南天的雨消酒
在云与雨的皈依中
让我们微笑着　作别
岁月的蹉跎

天使日记

我又奔跑了一天
从走廊到重症病房
从急救室到太平间

魔鬼也在奔跑
在空气中　在阴影里
在毛玻璃的背面

人间越来越挤
一只手离一只手很远
天堂很近

一个魂灵被我拽了回来
他悄悄地说
地狱那边真黑

我点亮一支烛
默默地
为自己庆生

病毒的衣裳

厚衣裳
薄衣裳
大雪纷飞奔波忙

红衣裳
绿衣裳
街头不见灰姑娘

黑衣裳
白衣裳
人间处处是天堂

真衣裳
假衣裳
不用为我添新装

房产证

将一个名字　写进
长方形的格子
这个名字就安心了

将一位亲人　放进
长方形的盒子
这位亲人就安息了

其实不然
绿本本与红本本
里面装的　除了空
尽是泪

你看树梢的大鸟巢
托住头上的浮云
你看梦里的催款单
舞动风中的冥纸

你看别墅的假烟囱
正喘着粗气
你看坟头的旧石碑
又添了新词

空地

不要种花
也不要栽刺

就这么空着
像一张白纸
什么都不去画　让它
像郊外的天空一样宁静

就这么空着
让它长些杂草　甚至野花
摘深秋的几朵菊
泡初冬的一杯茶

就这么空着
喜欢的东西在哪里都能发芽
将竹栽在书房
将梅种在窗前

就这么空着
像一面镜子

许多事物其实与我们无关

彻彻底底地休了几天假
深读　深睡　深醉
将手机设置静音
孤独的门铃
由它继续失语

许多很急的事不再急了
许多很大的事不再大了
三千黄筋竹扎根
十万马尼拉发芽

其实　许多事物与我们无关
天还要落雨
娘也会改嫁

一只蚂蚁爬在桌子上

也许它以为占据了高山
也许它以为挤进了天堂
也许它把我当成了亲人
也许它在找走失的爹娘

也许它踌躇满志
也许它两眼茫茫
也许它闲庭信步
也许它正在流浪

在它面前我实在做不了什么
我只能闭上眼睛
学做一只更小的盲蚁
捋一捋白须
摸一摸胸膛

秋风渡

香樟长出新叶
石楠摇曳着秀发

玉兰刚散了盛宴
银杏光着膀子

满地的圣果
踩上去有细细的雷声

梅树没开花　她紧攥的小拳头
埋在季节的心底

雪赶在南嫁的路上
迎亲的队伍里有我的伙伴

万物皆可同化
比如昨夜的一场雨

它们来自于不同的气流
落地前就合为一体

它们没有偏见
打芭蕉　也打菜叶

又是几句清脆的鸟鸣
是从隔壁的林子里飞过来的

它们的语调
显然婉转了一些

不一定要爬上枝头
才能接受阳光的教诲

自己跟自己和解
可以是站到某棵树下

西北角的秋风在渡我
也在渡枯木和石头

医生与病人

每个人都是医生
每个人都是病人

医生是最初的病人
病人是最后的医生

只有最好的医生
没有最坏的病人

不是最后的病人
便是最好的医生

每个人都是自己的医生
每个人都是别人的病人

死结

有的人活着，他已经死了。

——臧克家

缠绕在心头的情绪
一天天长大

喂养你的乳汁　细雨
常常下在
道德的背面

这些温柔的绳索
湿而复干的欲望
也抚慰过恨

所以捆住的就不只是肉体
你的灵魂　挣扎于
亲手搓成的乱麻里

被你撕破的旧网
美人鱼　成了舆论中
殉葬的干尸

底线

纠风肃纪工作日志。

——题记

在黑白之间
在清浊之间

在虚实之间
在有无之间

在醉醒之间
在生死之间

在两难之间
在一念之间

仰视她
可见天堂

俯视她
便是地狱

与一只流浪狗对视

在半岛的便道上
一只体态瘦弱的田园犬
愣愣地站在我面前

它抬头看着我
竟慢慢地放下
嘴里叼着的爱物

我下意识地后退几步
它也悄悄地转身
躲进一旁的草丛里

正当我对着清冷的石板路
静静发呆的时候　它又
轻手轻脚地折返回来

从对方的眼神中　我们几乎
同时看到了
那根光秃秃的骨头

镇纸

抄一段史书
先正楷　后狂草

从明初至清末
只半个下午
一些沉睡多年的历史人物
跃然而出

夕阳照在脸上
他们有的在冷笑　有的
偷偷抹泪
黑色的字迹显得有些刺眼

一阵大风吹来
龙飞凤舞
书页与宣纸　纷纷
往前朝翻卷

我用木块　压住了两位
慌张的皇帝

知音

一辈子在寻觅
那个掏心掏肺的人

三位徒弟限用微信
两只鹦鹉相继老去
一树枫叶越发口吃

我突然发现
凡是长嘴巴的生物
都说不久知心话

找一截老榆
挖空心思　让一个人
念念有词

广教寺的木鱼
是会说话的鱼

啄木鸟

他短敲三下
又长敲了三下

剩下的三声
略显急促

他欲告诉里面的朋友
“春天来了！
每一棵死去的树
都因着一个活着的人”

在松卫府吃四腮鲈鱼

需要有土黄酒
需要有井水冲茶
需要有本帮的朋友

需要墙壁上挂幅画
需要讲故事的兄弟半醉
需要这条美食街的人竖起耳朵

在饭店的最里间
我们吃姚老板亲手做的菜
风姿绰约的老板娘
是最后出来敬酒的那位　她反复说
绝对野生的

我只尝了一口
便想到一个人　秋风起
他从京城辞官回家
只为一条鱼

超个体

一群族人抬着棺木
往山里走　吹吹打打的
影子越来越小

我将目光　从远处
慢慢地拉回来
天色渐晚

一队蚂蚁
已把白色的米粒　推进
自己的洞穴

化简

想起三十五年前的一道高考题。

——题记

我相信　人生中
再诡异的题目
都是有解的

正如这个槛　知识点
已从薄薄的课本油印到
厚厚的练习册

我们闻着生活里的墨香
熟悉的概念　判断和推理
天天被发散的逻辑训化

分母是多余的
她只愿接纳预设的拥抱
平方差是全世界公认的红娘

深深的套路埋在有理化的等式里
不是每个学生　都能
找到解脱的抽头

三十五年来　那些旧公式
已被我们经历的风雨
反复地证明与洗礼

变脸

揣摩着上帝喜欢什么
他就酝酿什么
暗自个反复地练
抹　吹和扯

这些生活中
让人不屑的情绪　舞台上
能够讨来掌声

不止六十二种花样
他演白脸曹操
没人看清真面目

演红脸关公
刀光击中　梦里
最后的青龙

作为老戏迷
我重复地买票
为虚构的兄弟捧场

鼓

把自己掏空
做一个没心没肺的人

把脸皮磨得再薄一些
然后仰面朝天

把两根等长的肋骨
交给乐手

让各种各样的打击
如期而至

让不屈的灵魂
做最后一次冲锋

让全部真相　永远
蒙在里面

稍后再拨

微信里储存了千余好友
虽然没什么太多联系
但刷刷头像
大都一见如故

常有互动的
也就八九十个
真正的朋友
百里挑一

正月十五想念大家
我就群发了一批月亮
有几条未能送达
有几条没有回复

清明前夕
我不小心　误拨了
一位逝者的电话
它一直正在通话中

……哦　在就好
我不会
稍后再拨

在徐家汇书院遇故人

慕名而至　只想见见
过去认识的先生

光启公园　被
安放在书的扉页
我羞于跟他谈历法　农学
几何原本上积起微尘

鲁迅穿长袍　跷着二郎腿
没有正眼瞧我
他右手边的咖啡杯
凉了太久

从角落旮旯里
找到莫言的小说
丰乳肥臀的一侧　平躺着
几粒暗暗发光的汉字

张二棍戴副
啤酒瓶底磨出的大眼镜
他低着头　在挖人间
遗弃多年的铁矿

我对着旧书架　轻轻地喊
——医生　医生

洗脚女

在大都市奔波
我们常常忽视了
渐渐沾上的岁月污垢

浸泡在吴侬软语的夜幕里
所有的疲倦
闭目养神间　被一滴泪
慢慢地融化

这些天真的小鸟
刚刚从山沟里飞进白色的森林
叮咚的笑声
如泉水般清澈

冷热合适吧
她抬头的一刹那
我看到了故乡
一汪纯朴的蓝天

站着睡觉的鸽子

它们时不时地叫几声
我以为能懂　笼中的鸽子
在琢磨什么

抓半把玉米轻轻撒下去
它们用左脚或右脚　分辨
嗟来之食

我也想用右手或者左手辨别
一幢大楼的门窗　栏栅和
通往广场的路

举起仅有的长钥匙
将脖子伸出去
冥想万能

学安分的样子
我咕咕咕地叫几下
相信它们也懂

在一间无形的大木屋里
所有站着睡觉的人　都拥有
卑微的歌喉

非常囚徒

大金龙　在主人骄傲的
海洋里翻腾
亭亭玉立的新花瓶
也会说人话

金丝鸟　自个儿
住海边别墅
杜鹃将弃婴　安放于
云雀之家

身披袈裟的假和尚　超度
金黄色的梦
莆田系的医生
包下了高危病房

我居住在
我下辈子的地球
我受困于
我缺氧的想象力

上弦月

将一面镜子锻成刀的
是谁的目光　这黑的火
又是因谁而起

铁匠铺子里的灯
突然灭了　有人不愿
将炉子关闭

那个将时间反复锤打
并涂上两种颜色的人
是正大光明的人

每回他能在这样的黄昏
将向上的刀口磨薄　而我们
竟视而不见

我们往往　将
这一巨大的失落
归咎于自然

我们拒绝过　亲人般的关注
我们挡住了自己
大半只眼睛

像鱼儿一样生活

一滴水能给我
一生的指引
一只鱼缸　至少让我
每日反思两次

早上我想到往上游
借助空气的翅膀
天黑了　想起房子
玻璃般的保护伞

想法再多些　就放下筷子
骂几句频频失手的风浪
跟一个影子互相道歉　做一场
冲出牢笼的梦

天空是多大的笼子
雨　雪或者森林
足够相互喂养　成为
我们各自的大海

侧身

乡下的路很窄
让光脚的人先走

城里的路很窄
让腰粗的人先走

上山的路很窄
让烧香的人先走

天堂的路很窄
让得道的人先走

你看他们都行色匆匆
你看他们都紧锁双眉

解剖

切开一枚石榴
我看见星星满天

切开一粒沙枣
我看见大漠无边

切开一首小诗
我看见远方的童年

切开一个汉字
那痴情的筋与骨　生死相别
欲语无言

我唯独不愿切开的
是这只小雀
她隐秘的五脏　在流血
一滴一滴
一点一点

傍晚的咖啡馆

一只蚂蚁在窗台的角落间
丈量有限的距离

这勤勉的搬运工
忽视了一幢房子的真实存在

傍晚的咖啡馆
有刺眼的光

老板娘穿花布裙
于细碎的账单间来回穿梭

戴老花镜的百股通
用新晨报　半掩着脸

蹭 Wi-Fi 的小男孩
双手抱住柠檬杯

他偶尔抬起头　看看外面
静静的风

一个农民工模样的年轻人
在门口　踱来踱去

拾荒者

他躬着身　不停地
往蛇皮袋里装

破了一点皮的苹果
刚刚换季的衣服
还有包着薄膜的书
未开封的药瓶

他要把这些陌生的东西
全部捡回来
包括那对新婚夫妇
从十楼摔下来的镜子

天快黑了　一块碎玻璃
划破了他的手指

镜

有些视而不见的东西
却使我们惊奇得目眩

你深情地眺望或明快地阅读
学飞鹰展翅　去抱
远在天边的虹

更远处则有明净的汉字
在山顶之上　夜里
被我们唤作星星

用以对话的情人
在镜框之内
天空之外

唉　有时候想得太多
后来又太少　哲学家才喜欢
将世界倒过来看

玻璃的背面究竟藏着什么
你是唯一深入现场　和
心照不宣的人

窗户既然能打开来
也可以像眼睛一样合上

土豆花开

掉落在墙角的小土豆
闷不吭声地发芽了

我们不能再吃它
对一切有毒的东西
可以硬隔离

不许它抛头露面
甚至埋进土里　让它做
时间的殉葬品

可窗台上
阳光恰好　怜悯的风
又悄悄吹过

一朵花　正晃动着
晚来的春天

小满

小满，小满，祭车祈蚕。

——谚语

把两只空杯
当作眼睛
把两口老井
当作香炉

不让滚滚的麦浪
跌进去
不让绵绵的雨水
溢出来

窃喜

假设有人躲到房子里
悄悄地笑　那不只是这栋
房子在偷笑

假设这种隐秘
不被戳穿　那么整个建筑
将会快活一生

作为有心人
我忽视过　一座房屋
剧烈地晃动

我猜测
笑的时候　那人经历过
摧毁与重构

从灾难中死而复生的人
早已迈出
孤芳自赏的一步

大厦平静下来的神态
多么像　那个
默默揩去泪花的孩子

生活相对论

搭三十元的出租车
买回二十元的菜

花五个小时　从墙角里
找出去年的细针

用两片旧床单
缝住冷暖变频的小欢喜

夕阳下　他们
也偶尔晒晒存折

扳着手指头　数数
积攒一生的新愁

一瞬间

大型实景音舞诗剧《武则天》观后。

——题记

爱恨多缠绵
红颜一瞬间
韶光权作青丝怨
石榴裙上泪已干

挥袖山河变
苍生一瞬间
有心才人骂名旧
无字石碑内涵鲜

风水轮回转
兴衰一瞬间
问遍神都不见佛
大明宫阙后人建

往事越千年
日月一瞬间
覆雨翻云高处冷
临风把酒向长天

医僚

与一位老院长聊深改。

——题记

我说　其实
四分之一的病不治也会自然好的
他笑了笑

我说　其实
四分之一的病治了也没有效果的
他笑了笑

我说　其实
四分之一的病是被医生吓出来的
他笑了笑

我故意留了四分之一的余地
等他为一个生僻的词语
把脉

钝感力

世界肯定是干净的
如果真的看到了什么
请不要出声

熬不住一定要说
先问问
自己的眼睛

真理与你无关
何必煞费苦心地去证明
一个本来存在的事物

这辈子大多数事情都可以不做的
比如　活在天命之年
明白得太多太多

沙化的诗坛

他们在淘金
没有沙粒
就用石头来造

将活生生的汉字
劈开来　将一句空话
分三回来说

口干舌燥了
又想到井　卷起些许
虚空的云浪

偷偷挤干其中的泪
攫取盐　让辞海
变成死海

只是出现裂缝的时候
才把自己变小　只是拆了骨头
才越飞越轻

那些以诗谋生的人
抱着酒瓶与光阴　从远方
刚刚返场

那些缺雨少露的日子
风　钻进
生活的空子

沙尘天气

大山隐去
太阳于匆匆退却中
丢下几堆灰云　高楼
渐渐掩没
混浊的城市　开始
用呜咽的声调逐影追风

风　怀揣软刀子
晃动着的上个世纪的老枪
张大血口
若隐若现的影子　欲将
无依无靠的沙
填满大地的胸膛

如果有几棵树
在乱箭的缝隙间颤抖
如果有一朵花被不幸伤害
那些被裹挟的子弹
每一粒　都是
罪恶的种子

醉酒

知道今晚免不了酒
知道今晚会醉

我还是准时赴约
我还是喝下更尽的一杯

只有多了的时候
我才知道欠你

只有醉了的时候
我才清醒

琴弦就是几根草做的

如果一头牛疯了
是不是因为鞭子
伤口正在流血
恐惧　甚至仇恨
常常在半夜里被抽醒

无形的绳索
能牵住谁的鼻子
有人永远不会说疼
不说　不是不知
只是不屑

不是所有的牛
都是用来耕地的
斗牛士渐渐老去
股市门前的那尊铜像
已生出几块锈迹

在落叶瑟瑟的秋天
我经常怀念并质疑一个成语
其实　琴弦就是几根草做的
美妙的音乐　于牛于人
或是通往圈栏的捷径

忘却

从怀抱中挣脱了的
不只是河流

天空掉下的一滴雨
高山收留过
大地用苦难喂养

沟壑　缝隙
看不见的岩洞
因水而殇

缠绵中的小溪
解开了细腰带　向森林
做生离死别

心中的大海
一滴没有干涸的泪
等待被谁忘却

“记忆的本质
是痛苦的源头”

种竹

在西北角的空地上
再画一片竹

习惯纸上谈兵
就把话说透
将这些记下来
就落地生根

留白的地方
是天意般的预设
可种树　种草
也能种云

我们头顶上
哪里止十亩空间
你将昨天的想法栽下去
今天就长出新枝

萧萧的板桥竹
老百姓衷情
你看　一夜间有五千兄弟
在秋风里集结

我手里握的不是锹
也不是笔

一块砖的新生

头炸开之后
反而清醒多了

坚持少用药　忍住干咳
不打扰身边的人

将喉咙口的沙子
悄悄倒出来

实在忍不住刀割
便把骨头摔碎

就着冰糖柠檬水
将自己揉成另一个自己

让它继续烧
烧到四十度　一千度

让一块砖
在雪地里站起来

刮骨

写下这行眉批
心里流血

笔尖划过纸表
红色的泪
是从骨子里渗出的
一滴一滴地疼

方块字有棱角
豆腐没有
语言像刀子
流箭不像

关羽的左臂保住了
张飞却掉了脑袋
蔡桓公死了
扁鹊在哭

手术刀是刀
但不杀人

第四辑

极顶

•

这个时候　谁能知道
多深的皱纹
才叫坎坷

——《陡坡》

方向

如果有一句咳嗽
藏我身后
那么　在顽皮的乡野
就有了方向

如果有一只蚂蚁
领我过街
那么　在陌生的城市
就有了方向

如果有一颗星星
朝我一笑
那么　在寂静的夜晚
就有了方向

如果有一枚太阳
住我心里
那么　在漫漫的旅途
都有了方向

中长三千米

发令枪握在别人手里
腿长在我身上
有的人希望赢在起跑线
有的人心里只有终点

而我　只想
扎扎实实跑完这一程
每一秒都有超越
每一步都在刷新
我要努力甩掉自己的影子

其实　三千米
也是一个人生
跑赢了自己
就是冠军

品茶

阳光和煦的下午
我把杯中盛开的花
看成了云朵
一位老者瞧了瞧
说　是白羊

我们是忘年交
他经常同我讲茶道
讲着讲着
我们会同时提到一位
种菊的古人

我烧水点茶
他正襟危坐
我们频频碰杯
让一只羊　与一朵云
在南山相会

虚拟的台阶

那儿曾有一条路
就在那儿　在一片
寂静的雾霭中

有人背着我
一步一步往上爬
路的尽头　是
众神向往的仙境

在隐秘的悄无声息的高处
有人将我　轻轻地放下来
他和一个影子
同时消失在黑夜中

那是一串镂空的脚印
如果有风从时间的内部刮过
我们肯定会听见什么

端午

怀念一个人
不一定去河边
汨罗江太深
我不习水性

龙舟上那个鼓手
来自楚国
他每擂一句
船头就往上跃一下

划桨的士兵
也是浪漫的剑客　今天
以整齐划一的动作
抽刀斩水

溅起的浪花
很快便落下去
一场比赛
很快也会结束

高与低

小时候　我
总想尽快地长高一点
高过床　高过灶台
高过族人的眼光

还嫌长得慢
就站到桌椅上
站在梯子上　甚至
树杈上

现在我不想了
我渴望低　极低
比云低　比草低
比灰尘的翅膀低

阴天里　谁耐得住
居高临下的风
太阳　躲在更高处
冷笑

众生

白马寺见闻。

——题记

那个头顶白光的人
推开山门
那个夜托金梦的人
龙袍加身

那个身披袈裟的人
襟怀天下
那个手牵白马的人
掸去烟尘

那个修道诵佛的人
圆寂多年
那个打更护院的人
扫落星辰

那个熟读经书的人
早已转世
那个轻拨念珠的人
闭目养神

那个添油点灯的人
笑容可掬
那个抱住佛脚的人
满眼泪痕

手表停了

我逆时针方向拨回去
以为可以弥补什么
以为能够重来一次
我将发条拧得再紧些
以为能够听到脚步声
以为可以赶上什么

偶尔搔个首
月亮就端出羞涩的镜子
偶尔打个盹
乌龟就举起骄傲的小旗
我们总是跟在别人的后头
我们总是困在自己的途中

这回我要起大早叫醒你
看看兔子　能不能
真的飞起来
这回我要顺时针拨过来
看看太阳　是不是
在原地等我

瞎子阿炳

听你的绝唱
应该跪着

沿辛酸的音阶
缓缓下行
深入生活的底部
闭上眼睛

将小半个月亮
拥入深情的怀中
泉水依依
天空明净

一滴泪　掉在
惠山的池中
那溅出的琴声
落在天外

飘泊的月光啊
抚慰过谁
风中的犬吠
街头的瘦影

今夜　我自己
搀着自己
又一次来到江南
那寂静的墓前

向日葵

这些被砍下来的头颅
燃烧着不屈的火焰

你用干净的画布
为孩子们收尸　用
一束束藏在笔底的光
涂去昨夜的阴影

播种者的眼泪
收割者明晃晃的刀
阳光下　刽子手们
那狰狞的笑

你背向原野
装着什么也看不见
甚至拒绝声音
割下上帝的耳朵

用它来盛十九世纪
最浓烈的颜料　在精神病院
一遍遍地画自己
疯狂的像

这些新长出来的太阳
面带永恒的悲伤

头顶之上

一顶皮帽子
戴在谁的头上
都很荣耀

夏日里的一把阳伞
撑在短发少妇的手里
更让人高看几眼

雷雨前
我曾躲进一座房子
闪电抽打不动它的诵经声

再后来　我看到更多的楼宇
将城市的云层
越举越高

最近一回
我终于　站到了
东方明珠的最高处

几颗星星　和
过往的飞机
触手可及

盔甲

一件穿了三十多年的衣服
就像一个游子
将沧桑写在脸上

一道道皱褶
如一道道沟坎　父亲
真真切切地抚摸过

每一个补丁
都是一个疤痕　母亲
一针一线地缝补它

衣服就像自己的皮肤
即使蜕下的壳
也是最本初的样子

有人讥笑它
有人羡慕它　我把它
当成永远的盔甲

纸上生祠堂

在纸上画一条路
画一匹马
画一杆银枪　画
最后一道金牌

我就能见着一个人
见着一件白衣
见着一串血字　见着一丛
壮怀激烈的怒发

但我怎么画
也画不好一位皇帝
一个宰相　一把砍刀和一截
变了色的绳索

有生之年我要不停地画
画一栋房子　画一面黄旗
让烈烈寒风从九百年前
把另一个我召回

云梯

我看见的路
大都是虚拟的路

就像四十年前　从一个
叫顶夹埭的小村落走出来
母亲使劲地推一把
父亲直起腰杆

前面是土路
独轮车叽嘎叽嘎地喊疼
我跟在后面
脚印踩在脚印之上

后来的山道
人要倒过来走
金佛山和老君山的海拔不算高
我爬上去却也仗云势

下山的路仍在云中
我把梯子藏在身体里

种子

种在早上
晚上会不会长出灯盏
种在冬天
春天会不会长出炊烟

种在海滩
会不会长出遥远的白帆
种在草原
会不会长出深邃的蓝天

我有三个嫡亲的孩子
我有两副驯兽的皮鞭
我有一枚迎新的旧词
我有半片越冬的南山

陡坡

我登山，不是因为山，而是因为我。

——托马斯·布本多尔夫

岁月隆起的阴影
给历史的截面
虚设了倾角

夕阳斜躺着身子
与沟壑对话
峭壁给出呼应的姿势
向朝拜者招手

落差　在仰俯之间
被向上向下的弧线　虔诚地勾勒
虚构的风　一层层
盘剥旷远的心

答案并非千篇一律
当棱角被韧性的脚底磨平
所有的风景　包括那朵高傲的云
都主动地　亲吻你
昂起的额头

这个时候　谁能知道
多深的皱纹
才叫坎坷

方塔

我不是去拜佛
我是去见
那位身着长裙的少女

看她头顶上的圣光
只有站在东门之外　等风
轻轻吹过竹林

太阳斜照沧桑的脸
一千多年的追求者
皆从她眼前消失

有人为她断臂
有人借塔之名　用文墨
将自己修缮

登塔的木梯窄又陡
七级之上　至今
无人攀登

讨好一位旧情人
还须从她的心里
走出来

在鸟儿归巢之前
趁大门　还没关闭
再回首

视野

一座山
匍匐在大地之上

一棵树
站立在高山之上

一朵云
飘逸在老树之上

一只鹰
盘旋在白云之上

一个人
张开了飞翔的翅膀

醉白池

它的清醒
在于这泓浅水

可以研墨
叫满眼荷花
开九百年不败

可以酿酒
把那枚洪丹扔进去
喜见五色

可以种梅
将草堂边的诗句
吟成雪海

可以盛下几声长啸
在江南的天空　我们与古人
一起放鹿

它的醉意　在于
却有九只回头

悼词

孙忠福教授于2017年6月7日10时50分，在中部战区第一五〇医院不幸逝世，享年八十八岁。

——题记

你听不到哭声
你听不到叹声
你听不到哀乐声
你听不到呻吟声
你听不到阳光下的挤压声
你听不到月色下的碎步声

我听到了歌声
我听到了笑声
我听到了马蹄声
我听到了枪炮声
我听到了黑板上的叽喳声
我听到了讲台上的咳嗽声

这是在殡仪馆没有来得及说的悼词
现在我一笔一画地把它写下
记在工作手册的扉页　然后面壁
默哀三分钟

栽树

有朋友问
你为什么天天写几句诗
我说是种树

每天撒几粒种子
说不定有几棵
能活下来

像树一样
每一个汉字
都是有灵魂的

只有树　愿意
下辈子
与我们说说话

她又问
你也相信来生
我说　不信

可是　或许因为那几棵树
我会再回来
乘乘凉

圆形跑道

从远处看
横在上面的旧秒针　被
一只蚂蚁推赶着

在近处　一头驴抬着
无形的磨杠
慢慢地走

蚂蚁看不清
自己的影子　驴被
紧蒙双眼

无论冬夏　我们
都能将头上的光环
踝成脚下的雪

南山即景

这条小径
是春天刚刚抽出的嫩芽吗
我将一瓣渺小的心思舒展开来
沿着你光亮的叶边　面向顶端
随性而行

自由的晨风
轻轻地诉说山里的往事
一尊尊刻石　一个个智慧的老者
在春暖花开的时节
我们如期而遇

阵阵薄雾漫了过来
仙境里　我仿佛也成了古人
一位南山之子　一粒幸运的尘埃
在那个叫桃源的远方
让种菜吟诗的奢望
悄然落定

大国图腾（外一首）

一只鹰在盘旋
整个天空都是你的
不　每一个角落
都有你
羽翼的阴影

太阳和月亮
暂时还没有归属
你为此
急白了头

龙

曾经生活在传说里
但我也会飞

我四肢朝下　屈膝
那是拥抱
自己的土地

我抬头
看到了风浪
南边的那片水
安葬着我的祖先

云游

打了个盹
就进入梦乡
空中的潜艇　忽然
长出神游的翅膀

却有十万亩棉田
覆盖住原野
白色的海水　向天边
推搡无垠的波浪

一切又都是静止的
无声的块状移动　经历
大片大片的占领
大片大片的遗忘

同样也拥有夜色
从黑白分离的过程中
模糊天地之界　无形的风
吹散帆间的淡淡星光

醒来的时候　飞机正缓缓着陆
有一块石头抱住我
将舒展的心　往海底
轻轻地安放

四朵金花

信步走来
曾经神秘的心径
穿越异域时空　和
额边飘动的祥云
脚下的路便与根
紧紧相连

古铜色的深情
缘于那颗倔强的种子
贫瘠的土地　嗷嗷待哺
万里之遥的梦想是怎样发芽的
半个多世纪的洗礼
滴滴甘露　孕育和滋养了
一个个峥嵘的昨天

春去春来　无名花开
每一个清晨都是绽放的时节
读书广场的上空
翻舞着青春的芬芳
一群群小蜜蜂
在温暖的注视里
幸福地歌唱

精神的雕像
塑在谁的心里
当道道霞光映照过来
谁又将风华正茂的笑意
一次次盛开成
当年鲜花朵朵的红晕

中国式谈心

归国人员思想工作日志。

——题记

下午的阳台上
我们在自己家里聊天
看春天的嫩芽　在山水间
自由地舒展

透明的杯子里
沉浮着经风历雨的往事
这些洗礼过的话题
需要慢慢地勾兑

你说　国外的咖啡提神
我说　中国茶解渴
你说　不习惯潮湿的空气
我说　水有灵性

《圣经》好懂
《易经》难译
我帮你换茶
你帮我续水

天不早了
我们杀条鱼　开瓶酒
在微醺的状态下
掏心掏肺

党课

是深情的种子
在时光的隧道里穿行

是开放的风
温柔地敲打春天的窗棂

是山顶之上闪过的光
点亮了一双寻觅的眼睛

是思想者紧握双拳　低头不语
谁的心中正燃烧起满天的圣火繁星

被你抚摸过千遍万遍的音符呀
颗颗滚烫的泪
需要以怎样的阵容排列成纷飞的风景

而三十年修来的这场雨
能否赶在黎明之前　将干渴的大地
轻轻地唤醒

这是你的船

——读美海军舰长阿伯拉·肖夫

读第一遍的时候
我才二十二岁
井底观天　大海遥远

读第二遍的时候
细浪掀过头顶
微风轻帆　淡月孤悬

读第三遍的时候
几簇华发悄生
照见来路　云舒云卷

再一次站在甲板之上
我已读了十遍
白鸥翻飞　天空湛蓝

辽阔

将一朵云
舒卷开来
是否看到了笑容

将一场雪
漫展开来
是否闻到了梅香

将一碗酒
荡漾开来
是否听到了涛声

将一句话
敞亮开来
是否感到了心颤

我闭上眼睛
任凭风
把小小的人间　吹成
无边无际

特殊疫苗

就从一滴水中
开始提取吧

提取一枚太阳
让鲜红的手印
映射出本色　中国红
淡定的波光里
他在微笑

提取一盏心灯
细雨缠绵的冬夜
浇灭不了的火种
只要有一缕光　就能
点亮 2020 年的春天

提取一缕背影
用逆行的风
围成免疫的铁壁
封住飞沫　和所有
流言的出口

提取一眼清泉
一轮不愿掉落的明月啊

依然含在
八十四岁的老人——
一往情深的注视里

就从一滴热泪中
开始提取吧

三座门

雨　迎我们从左而入
风　送我们从右而出

倒叙半个多世纪的心旅
风雨中　满眼
郁郁葱葱的绿

被你洞见的
不只是十八岁的春天
国花园在外面
图书馆在里面
墙里墙外的故事　盛开着
四季芬芳的爱情

跨过梦中虚拟的槛　和
早早醒来的黎明
一只小麻雀悄悄地对我说
在昨天与今天之间
在一个世界与一个世界之间
在你和我之间
其实没有门

幻觉

有一种幻觉
突然想抓住什么

断了线的风筝
不回头的鸟　天边的飞机
渐渐变成了虚点

笔还在手里
那就做做纸上游戏
比如画两炷香
比如画一个木鱼　再
轻轻敲几下

有些东西是难抓住的
比如泥鳅的叫声
比如时间的光芒

有一种幻觉
突然想放下什么

抚摸一把壶

抚摸润泽的包浆
抚摸熟悉的脸庞
抚摸泡大了的乡愁
抚摸老槐树下的时光

抚摸一把老壶
在梦里　循着一缕清香
我抱着它
寻找走散了的爹娘

父母走了
我把壶
放在书橱
抬头就看见的地方

洞见

我默默地站在
上个世纪的老井边

掉进去的小姐姐没有死
月亮　水灵灵的名字
一颗出浴了的心
从此不再孤悬

亲人的泪已汇成深情的海
大地无垠　苍穹湛蓝
这些风平浪静的故事里
曾经飘荡过一叶纸做的船

深不见底的长夜里
有人仍守在岸边
我努力地睁大
一只似曾相识的眼

校徽

无形的图腾
需要以怎样的情怀
飞越 1949
一抹硝烟之后
你的深刻　早已
将惊天动地的故事
隐姓埋名在昨天

每一个黎明前的仰望
都站在星光闪烁的高处
一座座山峰　一道道河流
你以纵横经纬的力量
拍打世界潮流　知识的海洋
翻舞起缤纷的浪花

大雁在飞翔
时间的重逢　让多少人
走进你托举的梦中
从而越来越高地接近和触摸
神秘的星空
变幻的风云

而今夜　这只灵动的明眸

还看到了什么
在深邃的背影里
谁又用重生的浴火
将久远的饥渴
再一次　真实地
点亮

校歌

当无名花开始绽放
敞开的心声　便沿着
你逐日上升的音阶
滑过高山　边陲和海疆
嘹亮的天空
回荡起进行曲的旋律　和
舞动风云的交响

音乐与老的渴望
穿越过怎样的前奏
咆哮的河流　澎湃的梦想
摇篮中飞出的喜讯
一遍遍将无形的丰碑洗亮
你的魂魄正踏着如歌的行板
引领一批批优秀儿女
奔赴看不见硝烟的战场

清澈的歌喉镀上血性的荣光
无悔的青春在深情地吟唱
站在你铿锵的节拍里
我把自己浓缩成一个音符
在血与火的眺望间
让春天的眼角
挂满繁花朵朵的诗行

校训

一句经典　昭示了什么
半个多世纪的洗礼
血一样凝练
八个字的精髓
需要用一生去破译和诠释

当镌刻的方式
与知识的力量彻底会通
苍劲的笔力
便可智掌风云

五湖四海的方言
在这里融汇成红色的格调
一尊石头
更加灵动起来

晨风里　琅琅书声
不只在春天绽放
沉甸甸的诺言
挂在枝头
当果子长熟的时候
我们隐去了真实的面孔
在那遥远的无名之地
被称为你的桃李
多么亲切而温馨

在渣滓洞淘金

捡起一张旧票
捡起一页白纸
捡起一片松叶
捡起一支秃笔

捡起一块石头
捡起一枚铁片
捡起一条供词
捡起一句颤音

再往深里走
也许我还能捡到——
一本厚书
一封短信
一行暗语
一个血字

第三交响曲

在登基前
拿破仑就死了

我们坐在台下
听关于英雄的故事
维也纳大厅的舞台
比古罗马的战场要宽广

你赤手空拳
挥舞着自信的食指
千军万马　行云于
琴弦与鼓点之间

疾风　从原始森林和
壮士头颅的上空吹过
哒哒的蹄声
由近及远

把最后的敌人
从自己的心底里请出来
我们一起听曲　从此
天下无贼

两百多年过去
贝多芬依然活着

一根稻草

你的金秋是悲壮的
积攒一生的情愫
就这样　被匆匆收割
长在心头的孩子　突然间
都去了远方

你站在田头
挺了挺
最后的腰杆
顺着一阵秋风
躺了下去

看着蓝天　和
曾经相依相伴的白云
你努力地想象　如此博大的境界
哪里的一角
可以容纳简洁的余生

枯荣的情节
本是一场美丽的轮回
可一旦成为别人的摆设
谁还能说清
关于救命的故事　和所有的声誉

是怎样被浸过水的绳子绑架

而那个压死骆驼的人是你吗
也许只有这些从他乡飞回的鸟儿
知道你的初衷
在这个纷繁的世上　谁是
分量最重的亲人

隐剑之光

不需要看见那块铁
镰刀与斧头的影子
从黑夜到黎明
我们跟着走

不需要看见那阵风
用卷起的舌头轻舔炉膛
火星是掉落人间　又被
溅起的尘埃

不需要看见那股青烟
嗤的一声　她优雅出浴
一辈子就是一瞬间
大海又恢复了平静

不需要看见谁的面容
惊雷　闪电　背影
奔向远方的浪花照亮了天书
密钥藏在谁的热泪里

那个扔大锤的人
从一粒汗珠里看到了什么
打磨九十年的那句隐语
今夜又是被谁破译

到少林

我是来还愿的
上山的路　曲折蜿蜒
起点远在千里之外
那青春萌动的旧梦里

十四岁的记忆
多少回从树杈上跌落
我扶住意念中的一根棍棒
在善恶分明的影子里　一次次
倔强地站起

稚嫩的心灵
是被晨钟惊飞的鸟
潺潺的小溪　照亮了青青草
和无瑕的爱情
一支清澈的牧羊曲
飘响在嵩山之巅

攀上你的高度
需要怎样的功夫
十八棍僧救起的　不只是
一朝圣君
古刹里供奉着一尊影石

一个外来和尚
千年不败的秘笈

前世的香火
一直燃在心中
我的今生是被谁赎回的
站在塔前　仰望七级浮屠
那道道灵光
正漫过少室山脉
五乳峰额前的朵朵浮云

闻美军舰过台海

在新闻联播的影像里
它越来越小

卷起的风浪
像狗尾巴　翘了一阵
又很快夹了起来

它的叫声
拉得长而刺耳　但很快
就消失在黑暗中

我突然想起小时候
邻村的那条恶犬　铁灰色的
常在我家门口吼

母亲拿根木棒　站着不说话
它便灰溜溜地走远了

早熟

后院的桃树上　每天都有
几只熟透了的果子

扔了太可惜
我天天摘几颗吃

忽有一日
隔壁家的小孙子　跑过来说
昨天它还没烂呢

是啊　五岁多的小家伙
比五十多的我
早熟了一天

放生

让一条小鱼
游回过去的河里

为一只金丝鸟
打开宠幸的牢笼

给那家烤全羊的馆子
去个爽约的电话

即使是一头虎
也给指条归山的路吧

成全它们
放生自己

空钓

冬日的泾河——
如此寂静的时光与流水
在低吟

有落日　从心底穿过
抚慰丝丝涟漪
呼吸的细浪

我用无饵之饵
在这个假日的下午　空钓
未来之鱼

有个影子　咬了一口
自己的食指
倒挂的月

天忽然暗下来
浮漂在黑色的水面　晃动
羞愧的旗杆

归心似箭的孩子
抓住细草　和风
微弱的声响

同一条河流

我两次　踏入了
同一个梦境

从这里出发
又从这里结束
一个钟头能见证什么
走八公里的回头路

晨风清清
那几条小鱼仍在
河水依依
它自个儿向东

抓住了这个黎明
却抓不住流动的水
天亮时分
我变成了非我

这条河没有名字
我称之为时间

镂空的光阴

如果用思想来雕琢
万物的灵性都会凸显出来
地球是一枚高悬的水珠
她的美妙　在于
以一颗通透的心
转动时空

如果用时光来挖掘
所有通往未来的隧道都是畅通的
一抔土和一枚石头的命一样硬
一块煤的颜色不一定是黑的
炉子里的一团火
照亮过冬天　和
夜幕下的双眼

如果用一生将自己掏空
抽丝剥茧之后　渐渐透明的来世
可以纯到无
我们和来时一样
光溜溜的　连一句哭声都没有
生命本不需饰物

时间之子

一棵树的叶子掉光了
一棵树的嫩芽　就开始
悄悄生长

你看秋天的河流干枯过
但很快　干净的雪花
就会飘下来

即使在封冻的冬天
小河也是鲜活的
她们心底里暗藏着热流

我敬重那些凋零的事物
她们暂时去了天堂　可不久
又回到了人间

她们是时间之子
在春天来临之前
我们只需等待

时间的纸片

从海绵里挤出水
从眼眶里挤出盐
从晶体里挤出火
从炭盆里挤出栗子

这样的轮回
只会在寓言里出现
我们的身子
是虚拟的坚果

你看那个每天在挤公交
挤地铁挤菜场挤药店的人
将自己越挤越扁　终究挤成了
时间的纸片

听琴

戴着绒毡帽的小男孩
在天地间跳舞
他习惯了
自己为自己的昨天伴奏

幼稚的笔迹晾干了
那最简朴的音符
时光的标本
经历过太多的敲打

八十八个台阶
那是别人看得到的捷径
秦岭一隅的清风
珠江南岸的细雨
只有他听得懂
哪些是弦外之声

白鸥亲吻过他
在大海之上
时而耸起的峰峦
浪花　昂扬的头颅
多少回让澎湃的心曲
高山流水

空谷的回响
从大西南和豫西的深山丛林中传来
黑夜里　曾有人
对着茫茫的天籁呼喊

今夜　这个久违了的颤音
蹚过一万条河流
正赶在黎明之前　娴熟地
滑落在梦醒的指间

鞋匠

自画像。

——题记

皴裂的手掌
驼起的背梁

老花镜深邃
小铁锤铮亮

磨去早春的棱角
敲平晚秋的波浪

缝合别人的创口
雕琢自己的时光

马儿上了疆场
船儿去了远方

海子

借我一双深情的明眸
将喜悦的泪光
开在大海的肩头

借我一只搏击的小舟
让不屈的惊涛
散在狂风暴雨之后

借我一双神奇的巧手
用春天的波澜
举起岸边的一枝独秀

借我一副嘹亮的歌喉
把舞者的初心
唱成生命中的海市蜃楼

浪花呀浪花
海鸥呀海鸥
水手呀水手
……

致湛蓝

最初遇见你
是在宁静的辞海里
我们擦肩而过

我多想上前打招呼
跟一片叶　跟一缕风
跟一朵浪花

未曾碰响的字句
却是天堂的宠儿
幸运的流浪者

那时的我多么好奇
夜空下的群星里
有一双神秘的眼睛

我的饥渴被辽阔的色彩簇拥着
似有天籁之音
可望可及

太阳之下
我无数次　踩到
醉了的影子

月光之下　我
欲站成那树菩提
等一朵花开

一年又一年
果实落满
净净的山岗

循着阵阵幽香
失散的灵魂　终于
从上世纪的梦里折回

半路上　我撞上了
浣洗出浴的云
和匆匆赴约的自己

今晚　如果不经意间
真的被你看见
那一定是在尘世之外

我们相约的地方
天空深邃
大海遥远

纪念章

将一枚纪念章
从胸口摘下来
如同将枪　放入仓库
将刀还给厨房
将笔交予博物馆

如同从眼眶里
揩去硝烟　从额头上
铲去沟壑
从嘴角边抹去憨笑

如同从战士身上
卸下盔甲　皮肤
从立着的石头里
抠掉文字

如果一定要摘下来
请刮下上面的金
交给母亲　将弹片
留在我的骨头里

寻找

我曾经尾随月色
翻过篱笆墙
踮起脚　很轻很轻地
在你的窗前寻找

寻找一丝缝
谁早早地把门关上
吱呀一声　从黑暗中滚落了
一枚扁状的叹息

寻找一条路
通天的捷径仿佛就在眼前
星星在涯边　我摘下最亮的一颗
信手镶在黎明将至的发髻

寻找一盏灯
昏暗昏暗的夜
月亮躲进山后面
没有半点声息暗示我
明天的太阳能不能正常升起

一个走丢了的灵魂还能回来吗
如果你知道真相

请不要捅破　今夜
我欲回到四十年前的小屋
叩开一扇门和我们之间
一层纸的约定

小欢喜

所有的小欢喜
都来自更小的事物

微风　细雨
和由它们垒起的小桥

一截阳光　踮着脚尖
站在清晨的嫩叶上

从一只语气词里
看出诗人惊讶的眼神

咬一口丈母娘搓的小汤圆
想起她今年虚八十岁

跨出家门的那一刻
抬头看了看天

它比昨天
又高了一寸

月亮每天都是圆的

说出这句话
是在把天看破之后

五十年前
我还傻傻地问
明月几时有

许多绝句提醒我
人有悲欢离合　真的
跟月亮无关

眼中之象
心里之幻　其实
皆为一滴水珠所照

它不一定是泪　信不信由你
即使阴雨之夜
天上的月亮还是圆的

正如你喜欢　或者
讨厌一个人
他每天都对着镜子微笑

写下这行诗
我自以为知天命

看海

从上海到青岛
一千余公里
我在大海上颠簸

舷窗之外
白云卷起的巨浪
被鲸鱼的双翼
轻轻拥抱

我重新打开视角
复读这页旧景
一只长大了的天鸟
越飞越高

东海挽着黄海
天际线近在咫尺
我的眼睛　几次被
溅起的银光打湿

一阵潮涌来
我用胸膛　和虚拟的堤
挡住了它

抵达

走了很久很久
见着一盏灯
就在前面的屋顶上
勾魂的人　朝我媚眼

记不清什么时候了
我终于走进她
所有的光　罩住我
我自以为成了梦中的塔

若隐若现的物象
生锈的钟声　与诵读者相伴
经书里记载着
跋涉者的爱情兴衰史

许多星星
其实只是传说
一个虚拟的假的发光体
替代不了太阳

我仍相信
黑暗是光明的孪生兄弟
只是我们自己　看不见
自己的眼睛

界碑

我说那是雪做的
你看一朵朵莲花　就开在
西域高原骄傲的脸庞

我说那是冰做的
零下四十度的寒潮　正在
加勒万河谷的胸中流淌

我说那是石头做的
每一锤下去都能溅出火花
每一个棱角　都反射出
不朽的光芒

而团长祁发宝说
那是血做的　母亲的名字
已刻在喀喇昆仑
庄严的额上

家的方向

火神山医院护士吴亚玲的母亲突然离世。她想最后看母亲一眼。家人连通了视频，她面向千里之外家的方向三鞠躬……

——题记

小时候
家的方向
是喊我吃饭的那句乡音
妈妈在东头
我在西头

长大了
家的方向
是挂在远空的那圆明月
妈妈在上头
我在下头

后来啊
家的方向
是唠唠叨叨的那腔叮咛
妈妈在那头
我在这头

而现在

家的方向

是冷冰冰的那方木盒

妈妈在里头

我在外头

无名湖之夜

无论是星光
或者月色
照亮的都是你的背影　和
那枚镂空的名字

瀑布　崇高的守望者
正肩披银发
将寂静的心灵一遍遍抚摸
那些洗礼之后的岁月
是你的孩子吗
他们将长大了的童谣
反复地吟诵

微风　喃喃自语
从南山吹来的片片婉词
被谁爱过　又爱过谁
半个多世纪的亲吻
怎样拂去湿润的眼角　和你额上
越来越深的皱纹

多么灵动的琴弦啊
一滴泪可以溅起一湖情怀
一朵小浪花能碰响什么旋律

作为一个倾听者
谁又为一眼圣洁的湖光
追随而来

往前再走一步
就能融为一体了
我先将湖水装入心中
祈念修来的苍穹和打湿了的寂空
然后与你一起　将一支情歌
悄然拨亮

极顶

浅游老君山。

——题记

我以为看到了一座山
我以为看到了一个人
我以为看到了一头青牛
我以为看到了八百里仙境

登上南天门
我什么也没有看见　除了
观里的几炷清香
山顶的一片闲云

途中我一不小心
撞上了一棵树
一棵长在栈道中间的树

树没有怨我
我亦找不到理由怪它
路　原本就是它的

这个灵感是在一瞬间撞出来的
我决定在山顶写一首最简单的小诗
向树表示歉意

| 评论 |

中国现代诗一部颇具价值的研读文本

乔延凤

左右之间的诗集《镂空的光阴》即将由作家出版社出版，我认真、仔细地阅读了全部作品。这些诗作主题正能、旋律向上，内容与形式统一，具有很好的视野广度、思想深度和诗写难度，真切、准确地反映了社会现实，给我留下了非常深刻的印象。

左右之间从事现代诗创作三十余年，他经历了新时期中国现代诗发展的全过程，接受了现代诗思潮中符合艺术要求的部分，规避了某些不合书写规律的误区，创作出了属于自己的经得起时间与诗歌审美检验的作品。他的这部诗集，为中国新诗的未来发展，为中国新诗的大众化、民族化、现代化，提供了可资借鉴的研读文本。

收入本诗集的作品，内容相当丰富，涵盖乡村、城市、边疆、职场的社会生活，涉及乡情、亲情、爱情、理想、信念等众多方面。作者对劳动人民、对祖国、对事业，怀有赤诚之心、真挚之情，因而这些作品，具有天然的诗美价值。

用音乐性、语言、意蕴、表达等几个尺度来衡量他的作品，也不失为一部能经得起分析、检验之作。其中不乏优秀、厚重的作品。

写亲情、乡情、爱情的作品，占了诗集内容相当的比重。《敲》是亲情诗中颇具代表性的一首：

> 敲一只空碗 / 成片成片的庄稼就长出来 // 敲一枚指环 / 密密麻麻的针脚就长出来 // 敲一扇旧窗 / 斑斑点点的烛光就长出来 // 隆冬时节 / 我不敢再敲了 // 我怕成片成片的雪花会长出来 / 我怕密密麻麻的白发会长出来 / 我怕斑斑点点的泪痕会长出来 // 再敲下去 / 我怕惊醒了天堂里的母亲

用《敲》作题，形象、简洁，使人如闻其声，如见其人；作者采用低回往复的形式咏唱，将自己对母亲的深情，淋漓尽致地表达出来。作品中的“空碗”“指环”“旧窗”三个物象，皆融入了主观情感。最后以“我怕惊醒了天堂里的母亲”作结，余音不绝。

他的《缝补》同样是首动人之作。

诗作以两个细节刻画母亲：一个是“为一圆小孔的失守 / 沾沾自喜”，线穿过了针眼，母亲的神态、心理，全刻画了出来；另一个是“刺破了左手的食指 / 鲜红的血　滴在我 / 白色的衬衣上”，红白对照，将慈母的形象永远定格在读者的心中。

诗中“磨损的时光”“老花的影子”“稀疏的白发”“摔碎的泪珠”等，皆是融入主观情感的鲜活物象。

他使用的语言是主客观相融的创造性的诗的语言。

写早年朦胧恋情的《一粒桑葚》，仅用几句白描简要勾勒，就把不能忘怀的情愫写了出来，美好而动人。

诗句“她的名字　和 / 一枚早熟了的心事 / 红得发紫”，充满了意蕴：早熟，发紫，一语双关，扣紧了物象，又融入了感情。

而《叫花子》一首，写母亲周济穷人的善良，教育儿子的严格，全以细节、心理活动来表现。母亲的慈善、严厉，形成了鲜明对照，“罚站”的细节，也就永久地留在了读者的心中。

写父爱的《劈柴》同样令人不忘：

> 一生二　二生四 / 每年冬天　父亲总要 / 从干枯的日子里 / 劈出火焰 // 有时候会被卡住 / 嘴巴　喊不出心里的冤屈 / 咬住了斧头 / 以为咬住了谁的手臂 // 围着顽木转一圈 / 反过来　再转一圈 / 父亲搓了搓双掌　终于看清了 / 生活的结节与纹理 // 柴越劈越少 / 剩下三个木讷的儿子 / 父亲扬起斧头　却没舍得 / 对哪一个下手 // 一生二　二生三 / 三是个不确定的数字 / 一年又是一年的炊烟 / 照亮了万物

“一生二　二生四”，是劈柴；“一生二　二生三”，转向了父母成家，生下三个儿子，数字在作者的笔下，竟变得如此耐人寻味！

“日子”劈出了“火焰”，“斧头”被木柴“咬”住时，父亲围着“顽木”，“转一圈 / 反过来　再转一圈”，这些生动的句子多么富有诗情！

诗的最后，写生活再拮据，父亲也舍不得亏待自己的孩子，只一句“一年又是一年的炊烟 / 照亮了万物”，就将父爱如山的意境写出了。

写亲情、爱情、乡情的优秀之作，还有许多，如《四眼井》《故乡的小河》《立夏》等等，就不再一一列举。

关注社会现实，关注底层民众，本是诗人的职责。诗集中，这类作品也占有相当的分量，《洗脚女》《蜘蛛人》《花呗》《看在眼里》等都是。

《洗脚女》《蜘蛛人》分别写农村进城打工的底层劳动者：

> 在大都市奔波 / 我们常常忽视了 / 渐渐沾上的岁月污垢 // 浸泡在吴侬软语的夜幕里 / 所有的疲倦 / 闭目养神间　被一滴泪 / 慢慢地融化 // 这些天真的小鸟 / 刚刚从山沟里飞进白色的森林 / 叮咚的笑声 / 如泉水般清澈 // 冷热合适吧 / 她抬头的一刹那 / 我看到了故乡 / 一汪纯朴的蓝天（《洗脚女》）
>
> 只有你知道 / 生活是一张 / 怎样的网 // 爬行的速度是由什么决定的 / 亲手编织的家园又属于谁 / 那单薄的身影　为什么 / 还寄居于五环之外 // 即使缒在高处 / 你也看不到全部 / 晃荡于摩天大楼的表面 / 只有来自故乡的风 / 和眼前的浮云　托住你 // 擦干净的幕墙 / 是城市的眼睛吗 / 它能不能容下 / 一粒沙子的渺小心愿 // 只有你知道 / 谁的命运 / 正悬于一线（《蜘蛛人》）

《洗脚女》纯朴的农村姑娘用“天真的小鸟”、笑声用“泉水般清澈”形容，写出了乡村女孩的纯真、纯朴。而她的“一句问话，一个抬头”，又让“我”看到了故乡

“纯朴的蓝天”，表达的是作者深沉的乡情了。

此诗的意蕴又是深刻的：这些纯朴的洗脚女，面对的是复杂、商业化的城市金钱社会，她们的最终命运会如何？虽未写，而字里行间却可读到隐忧与同情。

《蜘蛛人》写命悬一线、寄居于五环之外、却日日“缒”在城市“高处”、擦大楼幕墙的农民工。全诗以问句形式，一声声表达出对他们的同情和命运的关注。

农民工为现代城市建设，付出的是青春、汗水！从这些作品中，我们不难看出作者的价值取向和思想的深刻。

《花呗》对社会生活的揭示同样深入肌理：

“变成一个潮女 / 完全是蚂蚁的功劳 // 它伸长缠绵的须角 / 牵牢你的小手 / 扶住你的蛮腰 // 你亦步亦趋 / 攀上了风中的树 / 爬上了雨中的桥 // 亲爱的小鱼儿 / 我一点不勉强地告诉你 / 长大了的蚂蚁 / 便是天猫”。“小蚂蚁”和“天猫”，一小一大，将资本无序扩张和新资本的贪婪，形象刻画了出来，以小见大。这些触及社会现实的题材，不仅立体化解剖了社会，而且因思想的深刻，给读者留下了深刻的印象。

《看在眼里》是写日常家庭生活的，篇幅虽短小，却极富蕴含。

作者只白描生活，写父母为一方，妻子女儿为另一方，一起打牌，妻子女儿不露痕迹总把牌输给对方，“我”和他们，都心知肚明。诗意、意蕴就在这未说一句话的白描里了。作者对生活的观察、体验、感受细致入微，表达不露痕迹。

这些作品，印证了诗是社会生活在诗人头脑中反映的产物，诗应当源于生活、高于生活的原理。

作为一名职业军人，军营题材，同样是左右之间创作的重要内容，《闻美军舰过台海》《界碑》《纪念章》即是。

这些作品将作者对祖国人民的一片忠诚，将自己随时准备捍卫国防、献身事业的战斗精神，表现了出来，写出了作者对祖国、对人民的高度责任和自觉。

《闻美军舰过台海》里用“狗尾巴”“恶犬”来表现美军舰的挑衅，既形象又深刻地揭示出其本质特征。

《界碑》只用了“我说”“团长说”，就将战士、边疆、祖国的关系，形象、生动、准确地展现出来。

写理想信念的作品，也是诗集中起着精神引领作用的重要部分。

《中长三千米》以一次中长跑来喻写人生的奋斗：

> 发令枪握在别人手里 / 腿长在我身上 / 有的人希望赢在起跑线 / 有的人心里只有终点 // 而我　只想 / 扎扎实实跑完这一程 / 每一秒都有超越 / 每一步都在刷新 / 我要努力甩掉自己的影子 // 其实　三千米 / 也是一个人生 / 跑赢了自己 / 就是冠军

作者对人生的意义、生命的价值，通过中长跑体现，表达极为深刻妥帖，不仅激励自己，也激励着所有为民族复兴和建设、保卫社会主义祖国的奋斗者勇往直前！

人性哲理之光照耀着全篇。

左右之间的作品，在当前众多的现代诗作品中，以其特有的个性之光，映照着诗的原野。他摒弃了现代诗潮中语言碎片化、翻译体盛行、脱离社会生活、一味表现自我等弊端。他以自己对当代中国现代诗认知的独特眼光和美学追求，观照整个世界，写出了能够经得起历史和诗歌审美时代检验的力作。

左右之间为中国新诗的发展，做了基础性、原创性的工作，这些工作的价值，会随着时间的推移，越来越鲜明地凸显出来。

《镂空的光阴》的文本价值正在于此。

2022 年 7 月于合肥

（作者为《诗歌报》原主编）

| 后记 |

发现·呈现·实现

左右之间

粗粗算来，自己喜欢上现代诗已有时日。从 1985 年发表第一首习作，一不留神竟在这条地僻人稀的小径上独自行走了近四十载。

“以诗为友，终生无欺。”懵懂之时，欲尊其师；风雪载途，曾围其炉；逆流而上，可仰其帆。多少个不眠之夜，我冥思、遐想，我倾诉、叩问！就像父母给了我生命一样，诗歌早已融入我身体的内部，成为灵魂不可分割的一部分。

“诗性即人性。”诗歌的初心使命与人生的起点终点是归一的。从经验主义出发，我对这样的命题和结论不仅深信不疑，而且有切肤痛感。这个中的境味让人充满好奇；有时也想捕捉它，或者自以为抓住了什么，却又难以说清楚、道明白；而要抵达所谓的彼岸，甚至需耗尽余生。

（一）

记得小时候家里有口老井，我常常趴在上面往下瞧。黑洞洞的，白天依稀能看到自己模糊的脸。我双手捂成喇叭状朝下喊，得到的回声并不那么清晰。

我怀疑井里一定有什么不为人知的宝贝，要不然母亲怎会天天将一只旧水桶吊下去提上来，还用两块半圆形的厚木板严严实实地盖住它。她越是这样，我越觉神秘。

好几回我看到了一只青蛙，它端坐于半截枯枝上，两眼盯着井壁，若有所思。后来，也经常有月亮圆圆缺缺，几颗星星深深浅浅。有一天，我忽然看见了母亲的眼睛……

我相信自己寻着了另一个天空。它是那么神奇，确实深无底、广无边。1988 年 7 月，军校毕业后我分配到改革开放的最前沿广州实习。在那里与诗歌撞了个满怀。上世纪 80 年代，现代诗在中国达到了一个巅峰期。“归来的诗人”充满理性的思辨；朦胧诗从地下到地上，代表着“新的美学原则在崛起”；新生代诗潮在语言实验上实现了反叛和超越。我也因为有了初步的经济条件和精力优势，而成为一个时尚的“爱好者”。这一年，我自费参加中山大学汉语言文学的夜校学习，偶尔挤进大学的“诗歌角”，近距离聆听春潮涌动的暖暖诗情。

于是，我试着花更多的时间来读诗。从艾青《归来的歌》、公刘《沉思》，到舒婷《致橡树》、余光中《乡愁》，以至北岛《回答》《宣告》、海子《面朝大海，春暖花开》，一次次经受身心的沐浴和洗礼。

当然，能真正读懂现代诗，特别是国外的经典，并不是一朝一夕的功夫。泰戈尔、普希金、雪莱、惠特曼……这些名字都闪耀着神的光辉！直至今天，对关于“诗”的启蒙概念，对“诗”的内在特质，我仍没有一个十分自信的见解。

90 年代初调上海工作后，我参加过复旦诗社的几次座谈，记得有一次是关于诗歌定义的话题。“诗言志”“诗缘情”“诗的乐象说”以及“诗到语言止”，与会者将这些在教材上枯燥无味的理论，诠释得有声有色、活灵活现。活动的尾声，我也战战兢兢地抛出了关于“诗论”的一枚“酸果”——

“诗是飞翔在语言艺术天空的一只爱情鸟。”

未等我解释，他们就报以毫不吝惜的掌声。虽然知道这里面大多有礼节和鼓励的成分，但对我来说，它是一道光，它是一声雷，它是诗神的眷顾和召唤。

这一年，我二十五岁。又大约过了十年，解放军文艺出版社出版了我的第一本诗集《阳光洗亮的歌声》。这是一组简洁、单纯到一眼见底的清唱。“发现之未发现”，我只是洞开了冰山一角。而那只“酸果”也成了我打开未来之门的一把金钥匙。三十多年来，我真的不止一次地触摸到那灵光一现的“瞬间”，轻轻推开诗歌神话虚掩的“隐约”之门；又是多少回踩着那有形无形的“神韵”律拍，犹如步入精妙隽永的“觑巧”之境。

（二）

我的本性确属比较木讷的一类。年幼时开口说话很晚，童年的记忆里有太多的“怯场”经历。直到现在，“不善言辞”的标签依然挥之不去。

写作常常能填口拙之憾。弥补的办法之一，就是以笔代舌。一句话说出口了就收不回来，文字却可以反复修改，甚至弃之纸篓。

然而，现代诗的创作并不是一件容易的事。随着时间的推移，当我真正地走近它、深入它，便越发感到自己的边缘与肤浅。“呈现之难呈现”，用诗句来表达和诠释生命，也就自然成了人生磨炼和灵修的基础课。

诗歌是审美的艺术。要将意象美、音乐美、绘画美和建筑美在有限的分行中灵活运用、充分展现，必须打开想象的翅膀。母亲作为一切想象的源头和基点，她放飞的“爱情鸟”始终翱翔在那深情的注视里。

“我的母亲，刘慧芳。她几近文盲，却是一本终身受用的书。”我把这句话印在扉页。可以说，这本诗集就是为母亲写的。但洋洋洒洒二百余首，却还没有一篇能够承载得起我心中母亲的分量。

我将《敲》作为开篇，里面的每个字都是泪。每每重温这些句子，我的心灵都会受到强烈的撞击。无论是“一只空碗”“一枚指环”“一扇旧窗”，还是“成片成片的庄稼”“密密麻麻的针脚”“斑斑点点的烛光”，甚至“雪花”“白发”和“泪痕”，都是母亲托梦给我的信物。选择“敲”这个动词，我是矛盾的。既想用渐变放大的乡音呼唤亲人，又怕“惊醒了天堂里的母亲”。

在诗意表达上，欲说无言与欲哭无泪也是我经常遇到的两种窘境。最近我一直在修改《叫花子》。这是一首送给自己的小诗，灵感来自鲁迅先生的《一件小事》。原来题目叫《忏悔录》，一改再改，却总还不满意。每读一遍，骨子里就悔一次；每改一回，心里头就痛一阵。“这么些年 / 我一直站在那儿 / 从十一岁站到五十岁 // 现在我多么想 / 母亲能亲口　再喊我一声 / 叫花子”。

母亲离我而去三十余年了，我还不知道自己是不是长成了她心中的模样。在母亲面前，即使做一个“叫花子”也是幸福的。我多么渴望在诗歌中与母亲相会；多么想忽然间她又站在我面前。一旦我做错了什么，就劈头盖脸地指出来；或者干脆“罚我站墙角”，我情愿从五十岁，再站到六十岁、七十岁……

（三）

理完样稿，我如释重负。虽然写几首诗或者出两本书并不是人生目的，但也不妨当作一段心曲的休止符。“实现之可实现”，如果还算得上对亲友、对自己、对两鬓白发的一点交代，那么诗途中的这些即景和小记，或许又值得以铅字的面目交由时光去淘洗。

我想用《一粒桑葚》定格住隔壁小姐姐“十四岁的春天”。“那一年／她的名字　和／一枚早熟了的心事／红得发紫”。这个“小姐姐”无论是村里的“小芳”，还是镇上的“阿莲”，她们都成了那段青涩年华中甜蜜的梦。

“唱凤凰”至今流传于靖江沙上，是我老家屈指可数的文化“非遗”。那耳熟能详的“咚咚锵”，一咏三叹，低吟浅唱。作为一个客居他乡的“流浪歌手”，自己又何尝不是如此呢？“把秘密放在心上／让沙里淘出来的方言／淡淡地发光／我是一个篾扎的老人／我是一只纸做的凤凰”。

《爱人》《瓷婚》《下厨记》《阅读，需要伴侣》，大都是念家的随笔，有时光的微芒。“两个人坐在书房里／静静地　不说话／／他在一本厚书里／翻找金子／／她理好一团紫毛线／继续织少女梦”。这些画面时常萦绕于我的脑海里。“她起身　关上了／半掩的玻璃窗／／他擦了擦花瓶　又将它／搁回原处／／外面起风了　屋子里／听不到半点儿声响”。我希望能够永远栖居在这样的意境里。

不经意间，女儿长大了。我多年在外地工作，她便成了《想象的果实》。我并不担心“那亭亭玉立的造型是否／已将年年修剪的疼痛／舞在风一样的自信里”。更多的则是对她的前程抱以憧憬：“花园上的天空多么辽阔啊／如果你真的把自己舒展开来　那么／每一片树叶都是我宽厚的手掌／每一根枝干都是我坚实的臂膀”。

年轻的时候，我常常将诗歌比喻成“光”和“火”，后来也叫它“酒”，现在我更愿意称之为“茶”。《品茶》一定程度地深入到事物的底层。“阳光和煦的下午／我把杯中盛开的花／看成了云朵／一位老者瞧了瞧／说　是白羊”“我们会同时提到一位／种菊的古人”并“频频碰杯／让一只羊　与一朵云／在南山相会”。

《中长三千米》和《云梯》是调解放军外国语学院和解放军信息工程大学工作后的心得。院校履职的六年让我特别庆幸与自豪。不一样的舞台，有更多的机会与各个年龄层次的学者交流。同时，也感到了知识的空白、能力的差距和阅历的短板。有一次参加学院运动会，虽然没获奖，心里却坦然：“每一秒都有超越／每一步都在刷新／我要努力甩掉自己的影子／／其实　三千米／也是一个人生／跑赢了自己／就是冠军”。

2016 年秋，携家人游览老君山，在那里住了一晚，并写下了《极顶》。安静下来后，渐渐看清事物的因果和本然：“我以为看到了一座山／我以为看到了一个人／我以为看到了一头青牛／我以为看到了八百里仙境／／登上南天门／我什么也没有看见　除了／观里的几炷清香／山顶的一片闲云”。

诗途漫漫，岁月悠悠，这是天命之年缪斯赐予我的最好礼物。

图书在版编目（CIP）数据

镂空的光阴 / 左右之间著 . -- 北京：作家出版社，2023.8

ISBN 978-7-5212-2388-0

Ⅰ. ①镂… Ⅱ. ①左… Ⅲ. ①诗集-中国-当代 Ⅳ. ①I227

中国国家版本馆 CIP 数据核字（2023）第 126085 号

镂空的光阴

作　　者：左右之间
责任编辑：田小爽
封面设计：回归线视觉传达
出版发行：作家出版社有限公司
社　　址：北京农展馆南里 10 号　　**邮　　编**：100125
电话传真：86-10-65067186（发行中心及邮购部）
86-10-65004079（总编室）
E-mail: zuojia@zuojia.net.cn
http: //www.zuojiachubanshe.com
印　　刷：中煤（北京）印务有限公司
成品尺寸：145×210
字　　数：53 千
印　　张：10.75
版　　次：2023 年 8 月第 1 版
印　　次：2023 年 8 月第 1 次印刷
ISBN 978-7-5212-2388-0
定　　价：86.00 元
